ANNA SCHRÖDER, TOBIAS JAKUBETZ,
IOLANA PAEDELT, NADINE Y. KUNZ
UND WOLFGANG RAUH

VERBORGENE WESEN V

KryptoFiction

I0529735

Twilight-Line Medien GbR
Obertor 4
98634 Wasungen
Deutschland

www.twilightline.com
www.kryptozoologie.net

1. Auflage, 2019
ISBN: 978-3-944315-92-8

INHALT

ÖFFNE DEINE AUGEN

Iolana Paedelt

„Die Welt durch die Augen eines Kindes ist anders. Eine weise Frau meinte mal, dass man die Wahrheit nur durch genau jene Augen erfassen und sehen kann. Denn wahrscheinlich ist das der Unterschied zwischen Kindern und Erwachsenen - je älter wir werden, umso mehr verlieren wir die Fähigkeit hinzusehen. Und dadurch, dass wir nicht mehr hinsehen, verlernen wir zu Staunen und ignorieren die Wahrheit. Die Aussage, etwas sei nicht da, weil man es ja nicht sehen kann, beziehungsweise, weil man es selbst noch nie gesehen hat, erschien mir immer besonders ignorant. Ignoranz ist die größte Tragödie der Menschheit. Verliere niemals dein Staunen. Und verlerne niemals hinzusehen."

Die Worte seiner Großmutter hatten sich plötzlich in Tonys Kopf gebahnt und selbst nach all den Jahren konnte er sich haargenau an jedes erinnern. Er und sein Freund Artur marschierten stramm den schmalen Trampelpfad entlang.

„Ich kann immer noch nicht verstehen, warum er sich noch nicht gemeldet hat." Artur lief hinter Tony und schüttelte besorgt seinen Kopf.

„Wird schon nichts schlimmes sein...", entgegnete Tony, als er sich seinen Weg durch das Dickicht bahnte.

Moos bewucherte den gesamten Pfad nur ab und zu, an vereinzelten Stellen, dort wo George stärker aufgetreten sein musste, waren Stücke abgerissen und bewegt worden.

„Ich weiß nicht. Ist irgendwie nicht Georges Art."

Tony zuckte mit den Schultern. „Vielleicht hat er sich einfach verlaufen. Ich meine du kennst den. High allein im Wald campen ... Wetten wir finden den 5 Meter vom Zelt entfernt und total durch den Wind."

„Wär nichts Neues", sagte Artur lachend, als er sich an den Campingurlaub im letzten Sommer erinnerte. George war zwei Tage irgendwo im Wald verschwunden nachdem er sich nachts aus dem Zelt geschlichen hatte. Ein paar Tage später kam er wieder und hatte den endgültigen Sprung in der Schüssel.

„Meinte er nicht, dass er eine Nixe gesehen hat?", fragte Artur, dieses Mal laut lachend.

Tony brach in Lachen aus. „Der Klassiker. So kennen wir ihn. Das machen Drogen aus einem."

Die zwei Freunde stolperten zusammen weiter, für einen Moment schweigend. Am Wegesrand sammelte sich in kleinen Haufen das Laub, es war Anfang Herbst und die Bäume begannen der Vergangenheit auf Wiedersehen zu sagen und sie hinter, beziehungsweise unter sich zu lassen.

„Wenigstens wissen wir wo er hingegangen ist...", murmelte Artur mehr zu sich selbst als zu Tony und brach somit das Schweigen. Sein blondes Haar war vom Ostwind zerzaust worden und seine Augen erinnerten an die grüne Farbe der umher stehenden Tannen.

Tony sagte nichts. Gedanklich hing er immer noch bei den Worten seiner Großmutter. Aus welchem Grund hatten sie sich einen Weg aus seinem

Gedächtnis in sein Unterbewusstsein gebahnt? War es Intuition?

Tony verwarf den Gedanken wieder.

George war nichts passiert. Immerhin war das nur ein x-beliebiger Wald. Was sollte hier schon auf sie lauern?

„Ey, müssen wir hier nicht links?" Tony wurde aus seinen Gedanken gerissen und blieb stehen. Er war bereits ein paar Meter weitergelaufen und drehte sich zurück zu seinem Freund, welcher an einer kleinen Pfadgabelung stand und ihn fragend anblickte. Tony strich sich eine schwarze Haarsträhne aus dem Gesicht. Verlegen nickte er und trottete zurück. Jetzt war Artur derjenige, welcher den Weg leitete.

„Ist alles in Ordnung?", fragte Artur. Eine Spur Besorgnis lag in seiner Stimme.

„Ja, warum?"

„Naja, normalerweise würdest du die Abzweigung nicht verpassen..." Arturs Stimme war so leise, dass Tony ihn nicht verstehen konnte.

„Was? Dreh dich mal in meine Richtung." Tony musste lachen.

„Ich hab gesagt", Artur drehte seinen Kopf, „normalerweise würdest du die Abzweigung nicht verpassen!"

Tony nickte. „Wohl wahr... Ja, keine Ahnung, ich denk gerade nach."

„Worüber?"

Tony zuckte mit den Schultern, was Artur nicht sehen konnte, da sie beide weiterliefen. „Nichts Besonderes."

Artur verdrehte die Augen, was dieses Mal Tony nicht sehen konnte. „Muss ich dir alles aus der Nase ziehen?"

„Ne, passt schon." Tony blickte auf den Hinterkopf seines Freundes, welcher mit jedem Schritt wippte. „Wenn es was Wichtiges wäre, würde ich es dir mitteilen", fügte er hinzu.

„Besser ist es", entgegnete Artur lachend.

Schweigen.

„Sag mal hast du das mit dem Bauern mitbekommen?", Tony brach dieses Mal das Schweigen.

„Hm, klar wer nicht, der ganze Ort redet davon."

„50 Kühe und der Bauer selbst zerfleischt und gefressen", murmelte Tony.

„Schon krass. Kann mir irgendwie nicht vorstellen, dass das ein Wolf gewesen sein soll."

„Naja, wenn dann schon ein Rudel."

„Oh-oh, pass auf, Tony. Dein ewiger Besserwisser kommt raus...", warnte Artur mit gestelltem Entsetzen.

Tony lachte bevor er fortfuhr. „Sag mal, kennt deine Mutter nicht die Frau?", Tony meinte sich plötzlich daran zu erinnern, dass sein Freund sowas mal erwähnt hätte.

Artur nickte. „Ja, ganz grausame Geschichte. Die arme Frau Meyer wird morgens wach, blickt aufs Feld und sieht den blutigen und zerfleischten Körper ihres Mannes. Angeblich soll das Blut in der morgendlichen Kälte noch gedampft haben."

„Ja klar, genau."

„Ja. Ich würde dich bei sowas nicht anlügen. Meine Mutter meinte irgendwie, er hätte mehrere große Schnittwunden gehabt, so als hätte etwas mit Klauen ihn angegriffen."

„Und die Kühe?", fragte Tony, plötzlich doch gespannt.

„Ein paar wurden zerfleischt aufgefunden, mit den gleichen Schnitten und der Rest war wie vom Erdboden verschluckt."

„Hm", sagte Tony nachdenklich. „Vielleicht doch kein Wolfsrudel, sondern ein Werwolf."

Artur schnaubte verächtlich. „Klar, das ist die logische Schlussfolgerung."

„Was wäre denn die logische Schlussfolgerung?", entgegnete Tony schmunzelnd.

Artur zuckte mit den Schultern. „Auf jeden Fall kein Werwolf." Er fuhr fort. „Haben wir noch was zu trinken?"

„Nope, hast du dir vorhin gegönnt, aber gleich müsste doch der Fluss kommen."

„Mhm, lecker. Ja, so ein wenig Bakterienwasser." Artur schien nicht besonders begeistert.

„Ist auf jeden Fall nicht schlimmer als mit deiner Freundin rumzumachen."

Fast gleichzeitig fingen beide an zu kichern.

Nach einer kurzen Zeit erreichten beide eine Lichtung. Der Trampelpfad ergoss sich in eine weite Fläche. Das Gras war erstaunlich gelblich und vertrocknet, obwohl es in der letzten Zeit keine Dürren oder ähnliches gegeben hatte. Nicht eine einzige Wildblume zierte das Meer aus Gras und die umher stehenden Bäume wirkten kahler als die anderen. Kränklich und schwach viel mehr. All ihre Blätter waren braun und die sonst so strahlenden Herbstfarben verloschen und ausradiert. So hatten die beiden Kindheitsfreunde den Ort nicht in Erinnerung. Neben der Lichtung strömte laut ein kleiner Fluss. Tony sah Artur an und nickte in die Richtung des Flusses. „Trink für mich mit", fügte er spaßend dazu.

„Sehr lustig", brummte Artur, während er sich ans Ufer kniete und mit der Hand einen Schluck Wasser abschöpfte. Es war nicht die Art von Erlösung, die er sich erhofft hatte - im Gegenteil. Das Wasser brannte in seiner Kehle und es fühlte sich an, als würde sein Hals brennen. Plötzlich, als das Wasser seine Lippen berührte, sah er etwas vor seinem inneren Auge. Er sah eine mächtige schlangenartige Kreatur. Sie besaß lange, spitze Krallen und grässliche Zähne. Artur hörte Schreie, es waren Georges. Blut. Schreie. George!

So schnell wie diese Bilder kamen, verschwanden sie auch wieder. Wahrscheinlich waren sie nichts mehr als dumme, bedeutungslose Gedanken.

Voller Schmerz stand er auf und stieß ein Geräusch des Ekels aus.

„Was ist denn?", fragte Tony. „Leicht überdramatisiert, findest du nicht."

„Alter, du kannst dir nicht vorstellen wie sehr das brennt", würgte Artur unter Schmerzen hervor.

„Wasser brennt doch nicht."

„Ach ne, wirklich? Das schon! So als wär da Gift drin..." Tatsächlich konnte Artur spüren, wie dieses „Gift" über seinen Hals langsam tiefer in ihn einzudringen schien, so als würde sein Körper es nur dankend annehmen. Er dachte an die Bilder. Konnte es eine Halluzination gewesen sein?

Artur bekam Panik, ein Gefühl der Gewissheit breitete sich in ihm aus. Diese Vision, die Bilder, irgendwas sagte ihm sie wären real. Er wusste es einfach. „Wir sollten umdrehen."

„Ach Quatsch, jetzt halt mal deine Pferde. Wir können George nicht im Stich lassen", sagte Tony, versuchend seinen Freund zu beruhigen.

„Klar, WIR lassen IHN im Stich. Ist klar. Ich hab echt keinen Bock draufzugehen. Wer weiß was in diesem Wasser drin ist."

„Komm mal runter. Was soll denn da drin sein. George würde für uns dasselbe tun." Tony ging einen Schritt auf seinen Freund zu, seine Hände leicht erhoben.

„Ja? Würde er das? Ich bin mir ehrlich gesagt nicht so sicher und ich hab diese ganze Chose langsam satt. Immer und immer wieder müssen wir ihm helfen und kriegen wir irgendwas zurück? Nein." Artur machte eine Pause. „Ich bin es einfach leid. Wenn er meint, er muss sowas abziehen, ok. Ist seine Entscheidung. Wir können nicht immer für seine Fehler bezahlen."

„Wow, kannst du mal runterkommen bitte? Für seine Fehler bezahlen? Du tust ja fast so, als würde jemand versuchen uns umzubringen..."

Artur sah seinen Freund entgeistert an. „Etwas ist hier verdammt faul und ich hab keinen Bock so zu enden wie Herr Meyer! Du... Du kannst mir nicht sagen du fühlst das nicht. Hier ist nichts als der Tod. Im Wasser, in den Bäumen, im Gras. Stille. Krankheit, Tod und Schmerz liegt in der Luft und wenn du zu ignorant bist, um das zu sehen, viel Spaß!" Artur hatte sich mittlerweile in Rage geredet. „Wenn George hier war, wird von ihm nichts mehr übrig sein."

„Boah, drehst du jetzt vollkommen ab?"

„Öffne doch einfach deine Augen, Tony! Bei jedem würden die Alarmglocken jetzt angehen!"

„Alles klar, nur weil Wasser in deiner Kehle brennt? Bist du sicher, dass es nicht deinen Verstand angegriffen hat?" Tony wurde langsam wütend. Was zur Hölle war nur plötzlich in seinen alten Freund gefahren.

Artur sah ihn fassungslos an.

„Bitte", sagte Tony. „Wenn du keine Lust mehr hast, kannst du gerne zurückgehen. Ich werde auf jeden Fall George finden."

„Wie kann man nur so blind sein."

„Ich halte wenigstens mein Wort."

Wütend stolperte Artur den Pfad zurück, in Richtung des Ortes. Warum zur Hölle verschloss Tony sich vor der Wahrheit. Glaubte Tony ihm etwa nicht? Artur würde ihn niemals anlügen. Ganz besonders nicht nach dem was er gesehen hatte.

Diese grässlichen Bilder ließen ihn nicht los. Artur merkte gar nicht wie er schneller wurde und schließlich durch den Wald hastete, den Rucksack auf seinen Schultern nahm er nicht mehr wahr. Er musste einfach nur weg. Er wollte einfach nur weg.

War er gerade gestolpert?

Bevor er es wusste, lag er im staubigen Boden. Seine Glieder schmerzten mehr denn je. Er konnte nicht atmen, sich nicht bewegen. Er war wie gefangen in sich selbst. Es fühlte sich an als würde alle Last der Welt auf ihn hinabdrücken. Immer wieder hörte er die Schreie. Artur war zu schwach, um gegen alles anzukämpfen. Sein Blick fiel hinauf zum Himmel. Plötzlich hörte er es. Ein Züngeln und eine starke Windböe. Dann sah er es. In seinem Todeskampf erinnerte Artur sich an die Nibelungensage. Er hatte sich schon immer vor dem dazugehörigen Lindwurm gefürchtet. Doch trotz all dem hätte er niemals gedacht, jemals jenen sich über den Himmel schlängeln zu sehen. Fast so, wie eine riesige Schlange sich durch das Wasser schlängelt.

Tony schnaufte verächtlich, mittlerweile war die Sonne kurzzeitig hinter den grauen Wolken hervorgebrochen und ihr schwaches Licht ließ den Verfall allen Lebens noch mehr zur Geltung kommen. Tony hatte keine Lust mehr seine Energie damit zu verschwenden sich über seinen Freund aufzuregen, stattdessen versuchte er sich darauf zu konzentrieren George zu finden. Artur hatte ein weiteres Mal seine langjährige These bestätigt: *Man kann sich auf niemanden verlassen. Niemals.* Das war eine der wenigen Sachen, die er von seinem nun mittlerweile toten Vater gelernt hatte. Tony bog links ab und schob die Zweige einer im Weg stehenden Tanne aus seinem Gesicht. Dann fiel sein Blick auf eine weitere Lichtung, dort wo Artur, George und er so viele Sommernächte verbracht hatten. Ein Schmunzeln lag auf seinen Lippen, als ihm diese Erinnerungen wie entflohene Vögel ins Gedächtnis flogen.

Er lief ein paar Schritte. Erst dann fiel ihm auf, dass die Lichtung noch schlimmer zugerichtet war als die vorherige. Das Gras war an manchen Stellen weggeätzt, die Bäume waren kahl und besaßen ab und zu einen bereits schimmelnden Stamm. Verwundert sah er sich um, erst jetzt entdeckte er Georges rotes Zelt. Es stand hinter einem dicken, vergammelten Baumstamm und war so aus Tonys Perspektive nicht leicht erkennbar.

„George?", rief Tony aus, als er begann langsam auf das Zelt zuzugehen.

Keine Antwort.

„George?!"

Immer noch keine Antwort.

Je näher Tony kam, desto suspekter erschien ihm die Situation.

Mittlerweile hatte er das Zelt erreicht und musterte es, die zu ihm gerichtete Seite erschien intakt und normal - das änderte sich jedoch, als er zum Eingang ging. Die rechte Seite des Zeltes war in Stücke gerissen. Fast hätte Tony es nicht wahrgenommen, weil es dem Rot des Zeltes glich, doch Blut klebte nicht nur an den Überresten des Zelts, sondern auch im Innenraum. Zitternd beugte Tony sich runter. Ein länglicher Umriss zeichnete sich unter dem blauen Schlafsack ab. Tony zögerte, wollte er wirklich wissen, was sich darunter befand? Etwas Schreckliches war hier vorgefallen und Tony war sich nicht sicher, ob er davon ein Teil werden wollte. Andererseits war es für diese Überlegung ein wenig zu spät.

Zögernd sah er sich um und griff nach einem dünnen Ast, der hinter seinem rechten Fuß lag. Vorsichtig hob er damit den Schlafsack an und schob ihn zur Seite.

Tony stockte der Atem. Für einen Moment erschien es ihm fast, als wäre die Zeit eingefroren, oder stehen geblieben.

Unter dem Schlafsack, in einer frischen Blut-pfütze, lag ein abgetrennter Arm. Er muss kurz unter der Schulter abgetrennt worden sein. Das dunkelrote Fleisch war zerfetzt, fast so, als wäre es abgebissen oder abgerissen worden.

Entsetzt wich Tony zurück, als sein Blick auf die immer noch am Handgelenk befindliche Armbanduhr fiel. Es war Georges.

Tony wollte nach ihm rufen, doch es stockte ihm der Atem. Schnell griff er nach seinem Handy. Kein Netz. So muss es sein.

Er musste ihn finden. Er musste George finden, selbst wenn er bereits tot wäre. Tony hatte es ihm versprochen.

„George?", rief er leise. Es war mehr ein Flüstern und dennoch kam es ihm so laut vor.

Tony schloss seine Augen, sich sehnend nach ei-nem Moment Klarheit. Einer Eingebung, wie er jetzt weiter machen sollte. Umkehren, um Hilfe zu holen war nicht drin, wer weiß wie lange George noch Zeit hatte.

Tony öffnete seine Augen wieder, da fiel sein Blick auf eine rote Spur. Eine Blutspur. Intuitiv und ohne weiter nachzudenken begann er der Spur zu folgen. Sie führte ihn immer tiefer in den Wald hinein und je weiter er ging, desto größer wurde die Zerstörung. Plötzlich verstand Tony was Artur meinte. Er konnte den Tod fühlen. Jetzt mehr denn je.

Umkehren, so wie Artur, würde er jedoch nicht.

Tony wusste nicht, wie lange er dem Weg gefolgt war. Minuten fühlten sich an wie Sekunden und Se-kunden wie eine einzige Ewigkeit. Er wusste nicht wo er war, oder wie spät es war.

Tony stand vor einer Höhle, die Spur führte hinein. Tony wusste gar nicht, dass es hier in der Umgebung Höhlen gab. Sollte er reingehen?

Vereinzelnd fielen Sonnenstrahlen durch Risse in der Decke und dennoch dauerte es einen Moment, bis seine Augen sich an die Lichtverhältnisse gewöhnt hatten. Dann sah er es.

Georges abgetrennter Oberkörper lag in der Mitte des Raumes. Seine braunen Augen waren schmerzverzerrt aufgerissen und sein Mund weit geöffnet. Tony konnte plötzlich seine Schreie hören. Er unterdrückte einen Würger.

Doch hinter George war noch etwas. Etwas Größeres. Tony schritt zögernd an Georges Körper vorbei und als er näher herantrat, erkannte er den Körper einer riesigen schlangenartigen Kreatur. Hätte er es nicht besser gewusst, hätte Tony fast gedacht, er würde einem schlafenden Drachen gegenüberstehen.

Der Unterkiefer des Wurms war geriffelt und die spitze Zunge schnellte regelmäßig zwischen den grässlich spitzen Zähnen hervor. Schuppen und etwas, das stacheligem Gefieder glich, bedeckte den langen und großen Körper. Das Wesen besaß fünf Beinpaare, die nicht nur unterschiedlich groß waren, sondern auch noch mit scharfen und langen Krallen bestückt. Der Schwanz der Kreatur endete in etwas, das einem Schweif ähnelte und die Färbung war erdig, grün-bräunlich und dunkel. Äußerlich erinnerte es an einen überdimensionalen Waran.

Tony war wie vom Donner gerührt. Versteinert stand er vor dem Wesen und sah es an. War es das, was seine Großmutter meinte? Gab es dieses Wesen wirklich? Ja, es musste so sein. Tony war fasziniert.

Anstatt die Gefahr zu erkennen, konnte er nicht widerstehen. Er streckte seinen Arm vorsichtig aus und seine Fingerspitzen berührten die Oberfläche des Drachens. Die Haut glich Stein. Kalt, solide und beinahe leblos.

Genau als seine Finger die Oberfläche berührten, öffnete der Wurm seine glühenden, gelben Augen und Tony blickte direkt in diese hinein. Sie glichen brennenden Sonnen. Tony hatte nie zuvor etwas, das der Schönheit des Wesens glich, erblickt. Für einen Moment war es für Tony so, als wäre er in ein schwarzes Loch gefallen, in den Augen des Wesens spiegelten sich die Geburt und der Tod des gesamten Universums.

All dies geschah in einem kurzen Moment, denn als Tony ausatmete begann die Welt sich wieder zu drehen und ihm wurde bewusst, in welcher Gefahr er sich befand.

Tony stolperte zurück, sein gesamter Körper zitterte vor Angst. Doch bevor er überhaupt den Ausgang der Höhle erreicht hatte, fühlte er den unglaublichen Schmerz der scharfen und spitzen Zähne des Drachens, die sich in das Fleisch seiner Wade stachen. Mit einem starken Biss riss der Drache wortwörtlich Tonys Bein aus. Er konnte seine Knochen brechen hören und jeden Muskel und jede Faser, die voneinander getrennt wurden. Tony fühlte warmes Blut sein verbliebenes Bein hinabströmen. Er fiel zu Boden. Tony wollte schreien, er wollte kämpfen, doch er konnte nicht. Er war wie betäubt. Für eine solche Wahrheit lohnte es sich zu sterben. Und so ergab er sich, als er spürte, wie die Zähne seinen Unterleib durchbohrten.

DIE JAHRHUNDERTSTURMFLUT

Anna Schröder

In der Nacht vom 12. November 1872 auf den 13. November 1872 suchte den Ostseebodden zwischen der Ostseeküste von Dänemark bis Pommern eine nächtliche Sturmflut heim, die als sogenannte „Jahrhundertsturmflut" in die Annalen eingehen sollte.

Viele Mitglieder der Gesellschaft der aufkeimenden „Wissenschaftlichen Vorhersage und Systematisierung von der Gewaltigen Natur ausgelösten Ereignisse" sahen dieses Ereignis, das über 270 Menschen tötete, über 15.000 obdachlos machte und mindestens 2.100 Häuser zerstörte, nicht voraus und hatten dafür auch keine Erklärung. Einige dieser Wissenschaftler erklärten sich diese „Jahrhundertsturmflut" mit einem Höchststand über 3,3 Meter NN mit dem Zorn des dänischen Volkes über den Verlust ihrer ehemaligen Gebiete Schleswig und Holstein, die als Provinz „Schleswig-Holstein" vom Königreich Preußen 1865 nach dem Deutsch-Dänischen Krieg annektiert wurde.

Der wahre Grund der Sturmflut jener unseligen Novembernacht 1872 ist ein ganz anderer. Tief unten im Binnenmeer der Ostsee hausen Geschöpfe, welche die Legenden und Sagen der alten Muhmen und Kindermädchen bevölkern. Ja, sogar so manch altes Großmütterchen weiß noch davon zu berichten: Diese Wesen werden „Wasserweiber" oder „Nixen" genannt, denn sie sind vom blassen Oberkörper her weiblich und enden ab der Hüfte in einer meist grünlich-bläulich-schwarz schillernden großen Schwanzflosse, mit der sie sich durch das Wasser fortbewegen. Ihre Haare changieren dunkelgrünschwärzlich wie Seetang. Viele dieser Meeresgeschöpfe sind von entrückender Schönheit, doch ihre Herzen sind voller Heimtücke und Bösartigkeit. Viele jener Wasserweiber locken meist Seefahrer und im Meer Badende zu sich, bis die Männer elendig im Wasser ertrinken. Doch das nicht genug ihrer verabscheuungswürdigen Wesen, denn ein ganzer Stamm der Nixen löste in der bitterkalten Novembernacht 1872 eine gewaltige Sturmflut aus, die sich von Dänemark über Schleswig-Holstein bis nach Pommern erstreckte und unzählige Behausungen vernichtete und Menschen sodann ohne Obdach ließ. Nicht wenige ertranken in den eiskalten Fluten.

Neben all den beklagenswerten Verlusten an Menschenleben und Existenzgrundlagen gibt es Einen, der von den Nixen berichten kann. Es ist der Seefahrer Johann Lüddeseel. Regelmäßig stach er mit seiner Kogge in See, er kannte bald den gesamten Binnenraum der Ostsee wie seine eigene Westentasche. Er fuhr von Stockholm im Norden nach Lübeck im Süden, von Arhus im Westen nach Helsinki im Osten. Johann bewegte sich schon lange mit seiner Mannschaft auf dem Binnenmeer, als die am frühen Nachmittag des 25. Oktober 1872 endlich in den Greifswalder Hafen einliefen. Froh darüber, endlich an Land sein zu dürfen, stieg die Besatzung der „Undine II", wie Johann seine Kogge getauft hatte, an Land. Nur der Kapitän blieb noch an Bord des Schiffes. Die Besatzung verbrachte einige lustige Tage in Greifswald und Umgebung.

Nachdem Johann Lüddeseel und seine Mannschaft bereits zwei Wochen in Greifswald verbracht hatten, machten sie sich auf zum sagenumwobenen Kloster Eldena, welches der im gesamten Deutschen Kaiserreich bekannte romantische Maler Caspar David Friedrich im Sonnenuntergang und zur finsterer Nachtzeit naturgetreu gemalt hatte. Als die Herren an der Ruine rasteten, kam ihnen eine alte Muhme entgegen, welche die Seefahrer ehrerbietig grüßte, denn es brachte der Landbevölkerung Glück, Seemänner auf Landgang zu grüßen. Die alte Dame stellte sich der Mannschaft als Clara Auguste Reinicke vor, der Kapitän der Mannschaft stellte sich mit einem Diener ebenfalls vor. Die Dame begann sogleich von einigen Legenden und Mythen der Umgebung zu erzählen, in welcher „Nixen", „Seeungeheuer" und „Nöcks" oder auch schreckliche „Wasserpferde" vorkamen, welche ganze Kriegsschiffe mithilfe ihrer steinernen Hufe zum Sinken bringen konnten. Johann Lüddeseel, der ein passionierter Sagenkenner des von ihm bereisten Meerraumes war, erwähnte nach einigem Zögern eine Begebenheit, die seine Mannschaft in erstauntes Raunen versetzte und die ältliche Clara Auguste Reinicke erbleichen ließ.

„Werte Dame Reinicke, ob Ihr es mir glauben mögt oder nicht: Ich sah bei einer längeren Schiffsfahrt von Helsinki nach Turku in einer nebligen Herbstnacht des Jahres 1867 einen bleichen Frauenkopf aus dem Wasser ragen. Das Haar dieses Kopfes war von dunkelgrüner Farbe, ganz so, als wäre es Seetang! Nein, ich denke nicht, dass diese Frau ertrunken ist", unterbrach er die Zwischenfragen seiner Mannschaft, „denn das schier Unglaubliche berichte ich Ihnen nun: dort, wo sich die Füße der Frau hätten befinden müssen, dort spielte eine schuppige große schillernd dunkelblaue Schwanzflosse im Wasser, ganz so, als wollte sie mich narren!"

Die alte Dame Reinicke lachte auf und sagte: „Sehr geehrter Herr Lüdeseel, ich glaube Ihnen kein einziges Wort Ihrer Sagengeschichte. Da muss Ihnen der nächtliche Nebel einen argen Streich gespielt haben."

Flugs drehte sie sich um und verschwand ohne ein Wort des Abschieds in die entgegengesetzte Richtung. Stumm blickten Johanns Mannen der alten Dame hinterher.

„Ist es wirklich wahr, dass Sie ein Wasserweib gesehen habt, Käpt'n? Schließlich war es zappenduster und neblig", hakte der Steuermann Fietje nach.

„So wahr mich der Klabautermann hole, ich habe es mit meinen eigenen Augen gesehen!" beteuerte der Kapitän seiner immer noch zweifelnden Mannschaft.

Die Mannen sahen sich vielsagend an und folgten dann Lüdeseel wieder in Richtung Fischerhafen Wieck, weil sie nach dieser Episode erst etwas zu Essen brauchten.

Der Kapitän grübelte noch einige Tage später über dieses merkwürdige Zusammentreffen mit der Dame Clara Auguste Reinicke nach, bis er endlich den Entschluss fasste, Greifswald am Abend des 12. Novembers 1872 Lebewohl zu sagen und weiter in westliche Richtung nach Lübeck in See zu stechen. Als er gerade seine Mannschaft anwies, die Segel zu hissen und die am Hafen vertäuten Leinen los zu machen, bemerkte er etwas Eigenartiges im Wasser. Es war, als ob er dunkelgrün-schwarzes Seetanghaar an der

Wasseroberfläche auftauchen und große, gleißende Fischflossen erzürnt im Wasser spielen sah. Dieses Mal war es nicht eine Nixe, nein, es schien ein ganzer Schwarm der weiblichen Wasserfurien zu sein. Und noch während Johann Lüdeseel versuchte, seiner Mannschaft dieses schier kryptische Phänomen begreiflich zu machen, indem er immer wieder auf die Wasseroberfläche zeigte und „Seht nur, die höllischen Wasserweiber sind wieder zurück! Ich denke, sie haben es auf mich abgesehen" rief, lachte ihm seine Mannschaft aus oder einige Mitglieder der Crew schüttelten nur den Kopf, als wollten sie sagen „Sieh dir diesen armen Irren an! Und das soll unser Kapitän sein?"

Doch Lüdeseel versuchte weiterhin vergeblich seine Männer auf die vermeintlichen Fabelwesen, die vollkommen real in einiger Entfernung vor der „Undine II" hin- und herschwammen, aufmerksam zu machen. Plötzlich hielt er bei seinem Versuch, Aufmerksamkeit auf die überirdischen schönen Wesen lenken zu wollen, inne. Ihm war, als vernähme er ein Zischen und Brausen in seinem Kopf, das sich wie eine Sturmflut zusammenbraute.

„Johannnnnn Lüdesssssseeeellll, du hassssst mich damalsssssss nicccchhhhhttt erhörrrtttt. Dassssss werdeeeetttt iiiihrrrrr unssss büsssssssennn. Wirrrr werdennnnn euchhh innn diessssserrrr Nacccht verrrrrnicccchtenn, dichhh, deiiine Mannnssssschaffft unnnd denn gessssamten Osssstsssseeraaaaaummm."

Johann Lüdeseel glaubte verrückt geworden zu sein. Diese Sagengestalten wollten den gesamten Ostseeraum mitsamt ihm und seiner Mannschaft vernichten? Der Klabautermann holte ihn jetzt wohl wirklich.

„Wer bist du? Was willst du von mir?" fragte Johann das schönste und stolzeste Meermenschenwesen in der Mitte der Nixen.

„Duuuu hassst micccch niccchttt erhörrrttt, Johannn, Kapittttäääännn derrr Undiiineee II. Damalsssss immmm Herbsssssste 1867. Alssss wiiiir immm Nebeelllmeeerr aufeiinanderrr trafen. Erinnersst duuu diich niiicht?" Die meerschwarzen Augen der Nixenkönigin stoben Funken vor Wut. „Aaaaalsooo weeerdeee iiiichhh diichhh jeeetzzzzt miiitsammt aaaalerrrr Eeeeinwooohnneerr dessss Oooostsssseee-raaauuumssss verniiiichtttten."

Die Nixen schrien plötzlich ohrenbetäubend schrill alle wie aus einer Kehle. Noch ehe Johann etwas gedanklich darauf erwidern konnte, brach das buchstäbliche Inferno los: Der Himmel hatte sich innerhalb von Minuten tiefschwarz verdunkelt und es rollten stürmische Flutwellen über Flutwellen an die Küste. Gleichzeitig brach ein tosendes Gewitter sich die Bahn aus dem Himmel und ergoss riesige Regenmassen auf die Erde.

Überall an den Binnenküsten des Ostseeraums ertranken Menschen in den Fluten, es wurden durch Regen, Gewitter, Hagel und Stürme reihenweise Behausungen vernichtet, Familien und Kinder versuchten vor den Naturkatastrophen zu fliehen und starben im Chaos. Viele, die nicht schwimmen konnten, ertranken in den Fluten. Ganze Dörfer von Reethäusern wurden komplett verwüstet oder von den Sturmwassermassen hinweggeschwemmt.

Auch die Besatzung der „Undine II" ertrank in den Sturmfluten. Alle, bis auf einen, Kapitän Johann Lüdeseel. Bis heute, wir schreiben das Jahr 1912, sinnt er als alter Mann über seine Schuld an der „Jahrhundertsturmflut" von 1872 nach. Denn er erhörte das meerwassersüße Flehen des Wasserweibes in der kalten nebligen Herbstnacht 1867 nicht. Er, dessen Erzählungen über die Wassernixen niemand Glauben schenken wollte. Er, der das Geheimnis der entrückend schönen Meerfrauen mit ins Grab nehmen wird, denn er ist alt und müde.

TOTES FIRMAMENT

Wolfgang Rauh

*„Wenn Gott mein Hirte ist bin ich ein Schaf.
Und ich will kein Schaf sein."*

1

*Früher dachten wir Gott existiert, damit wir uns
nicht gegenseitig umbringen.* Das hatte der Priester
gesagt, damals, vor so vielen Jahren, die trotz aller
Leere, mit der sie gefüllt gewesen waren, so seltsam
schnell vergangen waren. Vielleicht, weil Toni wusste,
was auf ihn wartete. Vielleicht weil das Empfinden
von Zeit sich nun mal in erster Linie nach den Dingen
richtete, zu denen sie führte. Für ein Kind, das sich
auf seinen Geburtstag freut, vergehen die Tage nicht
schnell genug. Für einen alten Mann, der Angst vorm
Sterben hat verfliegen sie.

Der Priester. Dieser auf so unheimliche Weise cha-
rismatische Mann. Jünger als Toni, und doch hatte
er so viel älter gewirkt.

Gott hält uns nicht vom Töten ab.

Toni würde den Blick in den Augen des Mannes
nie vergessen. Distanziert, fast leer. Wie ein kleiner
Junge, der die angedrohte Ohrfeige schlussendlich
empfangen hatte und überrascht feststellte, dass sie
weh tat.

Er gibt uns einen Grund dazu.

Daran konnte Toni sich nach all den Jahren noch ganz deutlich erinnern. *Gott gibt uns einen Grund zu töten.*

Das war unheimlich.

Aber die meisten Geschichten sollten von Anfang an erzählt werden.

2

Toni war ein hageres, unscheinbares Kind gewesen. Nicht dumm, aber langsam im Kopf. Nicht schlau, aber aufgeweckt. Man könnte vielleicht behaupten, dass er die heutzutage beneidenswerte Eigenschaft besessen hatte, sich voll und ganz auf eine Sache zu konzentrieren, aber auch wenn das Resultat genau darauf hinauslief, die Ursache war eher mangelndes Denkertraining als göttliche Gabe.

Er war in einem semi-religiösen Haushalt aufgewachsen. Was genau das bedeutet ist leicht erklärt: In der Küche, im Wohnzimmer und vermutlich auch im Schlafzimmer seiner Eltern hing ein Bildnis des gekreuzigten Gottessohnes. Jesus sah auf keinem davon sonderlich glücklich aus, was einerseits verständlich, andererseits katholische Merchandise-Strategie war.

Toni hatte sich immer gefragt warum der Sohn Gottes ein so beschissenes Leben geführt haben soll. Der Sohn vom Bürgermeister genoss schließlich auch seinen Sonderstatus in der Gemeinde – klar ersichtlich daran, wie mit ihm umgegangen wurde. Ein Stück respektvoller als mit anderen.

Das liegt daran, weil so viele was von seinem Vater wollen, hatte Tonis eigener einmal zu ihm gesagt. Und das machte Sinn. Aber gab es nicht noch mehr, die etwas von Gott wollten? Von Jesus' Vater? Wo waren dann dessen Privilegien?

Sterben für die Raupen, damit sie die Illusion aufrecht erhalten können, eines Tages zu Schmetterlingen zu werden. Aber das war die Stimme des Priesters. Das war erst später gekommen.

Toni erinnerte sich sein ganzes Leben lang daran wie seine Mutter – selbst eine eher pragmatisch religiös veranlagte Frau, die vor allem aus gesellschaftlichen Gründen in die Kirche ging – von Gott immer als dem *lieben* Gott gesprochen hatte. Und seinem Sohn, unserem *Herrn* Jesus. Und irgendwie hatte das immer falsch geklungen, heuchlerisch. Gar nicht so lieb und erhaben, wie immer getan wurde.

Toni selbst hatte nie zu Gott gefunden. Seine Eltern waren gestorben, irgendwann in der grauen Bedeutungslosigkeit, die sein Leben darstellte. Dass er keine Karriere als Teil der Bildungselite vor sich hatte war bereits sehr früh festgestanden, aber das allein reichte noch nicht als Voraussetzung, um auf die sprichwörtlich schiefe Bahn zu geraten. Toni war immer ein guter und gewissenhafter Arbeiter gewesen. Er arbeitete gern mit seinen Händen und mochte es, wenn er am Ende eines anstrengenden Tages auf etwas mit dem Gefühl hinabblicken konnte, das heute vollbracht zu haben. Er hatte als Mechaniker gejobbt, weil er gut mit Maschinen konnte. Bei den Bundesforsten, weil er sich gern im Wald aufhielt, ein Gespür für die Natur hatte und durch seine Stärke und Zähigkeit für eine solche Arbeit geschaffen war. Er hatte für ein paar Monate Parktickets kontrolliert, was er gehasst hatte, und für ein paar weitere Touristen auf Wanderungen durch die heimischen Wälder und Berge geführt. Das hatte er sehr gerne gemacht, aber Toni war kein guter Wanderführer, kein guter Redner. Als sich immer mehr abzeichnete, dass die Kunden lieber mit anderen als ihm unterwegs waren, kündigte sein Chef ihm, mit ehrlichem Bedauern in der Stimme, weil er Toni mochte. Als Ausgleich bot er ihm einen Posten im Büro an, aber beiden war klar, dass das in Tonis Fall nur eine Übergangslösung sein konnte. Und Toni wollte den Übergang lieber kurzhalten als unnötig in die Länge ziehen.

So war er gegangen. Und nach all diesem Unvermögen, wirklich sesshaft zu werden, diesem Dasein als längst aus der Mode gekommener Nomade – keine Frau, keine Kinder, keine Familie und ausschließlich Freunde, deren Haltbarkeitsdatum mit jedem Umzug restlos verfiel – war es vielleicht kein Wunder, dass ein gewisser Schlag von Menschen auf ihn aufmerksam wurde.

Trotz all der Ortswechsel, der vielen unterschiedlichen Menschen, mit denen er im Laufe seines Lebens Kontakt hatte und der langen Zeit, die er zu diesem Zeitpunkt schon auf sich allein gestellt lebte, war ihm eine kindliche Naivität nie abhandengekommen. Böse Zungen mochten behaupten, dass das daher kam, weil er nunmal dumm war. Aber das war Toni eben nicht. Er *wirkte* so, aber er war es nicht.

Dass er sich schlussendlich auf besagte Leute einließ war demnach einigermaßen überraschend, aber irgendwann hieß es friss oder stirb – und Toni fraß.

Er verbrachte den Großteil seines Erwachsenenlebens nah an der Grenze zwischen Legalität und Illegalität, und machte eher oft als selten auf der dunklen Seite Urlaub. Aber er blieb ein guter Mensch. Er raubte, bedrohte und verletzte manchmal, aber nie wirklich schlimm.

Bis zu jenem Abend im August, als die Sache mit dem Juwelier aus dem Ruder lief. Bis zu jenem Abend, an dem Toni zum Mörder wurde.

3

Sie waren ihm auf den Fersen, das war ihr Job. Toni warf einen hektischen Blick in den Rückspiegel. Da war nichts außer der leeren Straße, halb verborgen hinter den diesigen Schlieren des stärker werdenden Regens. Ein Sommerregen, heftig und zweifellos kurz, aber im Moment auf seiner Seite. Wenn das ungewisse Licht der Dämmerung erst zum Dunkel der Nacht geworden war, würden sie sich bei der Jagd um einiges leichter tun. Bis dahin musste er verschwunden sein.

Seine rechte Hand sank auf den Schalthebel und er spürte mit widerlicher Deutlichkeit wie glitschig der Kunststoff sich unter seinem Griff anfühlte. Er trat das Gaspedal durch, dann die Kupplung und schaltete einen Gang hoch. Ein Blick auf den Tachometer. Achtzig im Ortgebiet war mehr als verräterisch, aber er musste weg.

Beim Schalten entglitt ihm der Hebel fast und sein Magen schien einen Augenblick lang in ein Loch zu fallen. *Nicht kotzen*, dachte er. Aber dann war da plötzlich wieder das Bild des Juweliers, und beinahe hätte er seinen eigenen Rat nicht befolgen können.

Toni hatte eine Maske getragen, aber erkannt würde er so oder so nicht mehr werden. Der Juwelier war ein alter Mann gewesen, der ihn auf schmerzliche Weise an seinen Vater erinnerte. Toni hatte seinen Vater immer gerngehabt.

Er hätte die Pistole nehmen sollen, das wusste er. Toni hatte während seiner derzeitigen Laufbahn genug Berichte über Gewaltverbrechen gehört, um zu wissen, dass die Sache weniger schlimm aussehen, auf weniger Entsetzen und Abscheu stoßen würde, wenn er dem alten Mann einfach ins Gesicht geschossen hätte.

Er könnte noch leben, versuchte er sich einzureden. *Er könnte noch am Leben sein. Eine Kugel im Kopf hätte ihn ganz sicher getötet, aber so könnte er noch am Leben sein.*

Aber dann dachte er wieder an das Blut auf seiner Hand. Am Schalthebel. Am Lenkrad. Auf seiner Hose, seinem Hemd, seinem Gesicht. Es war überall, und es war zu viel davon. Viel zu viel.

Er wusste, dass die Leute ihn hassen würden, weil er einen wehrlosen alten Mann erschlagen hatte. Er hasste sich selbst dafür. Es war aus dem Ruder gelaufen, Toni hatte die Kontrolle verloren und der eigentlich einfache Job war zur Katastrophe geworden.

4

Innerhalb des kleinen Örtchens, in dem der Juwelierladen lag, hatte der dichte Regen die Sicht schon nachhaltig beeinflusst. Aber als Toni die Ortsgrenze hinter sich ließ und auf der freien Landstraße zwischen Feldern und sanften Hügeln dahinraste, schien die Welt nur noch aus einem kaum zu differenzierendem Grau zu bestehen. Hier, wo jegliche künstliche Beleuchtung fehlte, und er trotz der höheren Geschwindigkeitsbegrenzung nicht schneller als fünfzig fahren sollte, war jedes Hindernis vor seiner Motorhaube erst zu sehen, wenn es schon zu spät war.

Nach sich endlos hinziehenden Minuten, in denen er jeden Moment mit den durch den Regenschleier zuckenden Blitzen des Blaulichts rechnete, entdeckte er ein weitläufiges Waldstück. Ein dunkler, fast schwarzer Strich, der sich durch die Landschaft zog, und den er bald erreicht haben würde. Er musste den Wagen loswerden.

Und dann? Weg, weg, weg. Wie und wohin? Erstmal egal. Mit Glück führte ein Forstweg in den Wald, mit Glück schwemmte der Regen die Reifenspuren gleich wieder vom aufgeweichten Untergrund fort, mit Glück konnte er den alten Toyota unter Ästen und Blättern so gut verstecken, dass sie eine Weile brauchten, um ihn zu finden.

Blieb das Problem der blutigen Kleidung. Ein halbnackter Mann im Regen fiel genauso auf wie ein blutverschmierter Mann im Regen. Mit dem Unterschied, dass er in ersterem Fall zumindest das Glück haben konnte für verrückt oder senil gehalten zu werden.

Er brauchte ein Telefon. Fast wünschte er sich ein Handy zu besitzen, aber die Dinger hatten in Gegenden wie der hier sowieso kaum Empfang. Außerdem waren sie teuer. Toni war kein verschwenderischer Mensch – dazu hatten seine Eltern ihn nicht erzogen.

„Erstmal von der Straße runter", murmelte er, ohne sich dessen bewusst zu sein.

Er erreichte eine unbefestigte Straße, die in Richtung Wald führte. Die Welt um ihn herum wurde schnell dunkler, aber von Blaulicht war immer noch nichts zu sehen. Er durfte sich nicht in falscher Sicherheit wiegen, da machte man Fehler.

Aber du hast schon eine Menge Fehler begangen, nicht wahr?

Zumindest einen. Toni wollte kein Mörder sein. Er hätte es rückgängig gemacht, wenn er die Chance dazu gehabt hätte.

Er betätigte den Blinker, weil alte Gewohnheiten nur schwer abgelegt wurden, und fuhr mit weiterhin überhöhter Geschwindigkeit die Forststraße Richtung Wald hinauf.

Kurz darauf erreichte er die ersten Bäume – hohe, düstere Tannen, die das verbleibende Licht des Tages aussperrten. Den kleinen Pfad, der vor dem Waldrand von der Schotterstraße nach links abbog, bemerkte er am Rande, schenkte ihm aber keine Aufmerksamkeit. Die Kirche, die sich nicht mal hundert Meter den Pfad entlang zwischen den Bäumen erhob – klein und unscheinbar, aber an einem hellen Tag kaum zu übersehen – bemerkte er gar nicht.

5

Toni parkte den Toyota zwischen einer Gruppe eng stehender Bäume, nicht direkt aber fast neben der

Straße. Der Waldboden war vom Regen aufgeweicht und er sich nicht sicher, ob der Wagen wieder ohne zusätzliche Hilfe freikommen würde, aber das war im Moment egal. Er bedeckte ihn mit der alten Plane aus dem Kofferraum, sammelte abgefallene Äste und verteilte sie darauf. Wer genau hinsah konnte den Wagen kaum übersehen, aber einem flüchtigen Blick würde er mühelos entgehen. Vor allem in der Dunkelheit.

Und wenn sie Taschenlampen haben? Sie hatten sicher Taschenlampen, sonst wären sie Idioten, aber das würde er riskieren müssen.

Die Kleidung. Nackt oder blutig? Er entschied sich für blutig, zumindest fürs erste. Der Regen würde den Großteil abwaschen, wenn er eine Weile das schützende Dach der Bäume verließ, und vielleicht fand er einen Bach, in den er sich legen konnte.

Er ging die Foststraße zurück. Nicht weil er seinen Verfolgern – die zweifellos da waren, auch wenn er noch kein Anzeichen von ihnen gesehen hatte – in die Arme laufen wollte, sondern weil er vorhatte in der Nähe des Waldrandes zu bleiben, um die Orientierung nicht zu verlieren.

Diesmal schenkte er dem kleinen Pfad mehr Aufmerksamkeit. Und als er sich versichert hatte, das weder Blaulicht zu sehen noch Sirenen zu hören waren, beschloss er ihm zu folgen – während der immer noch dichte Regen sich redlich bemühte das Blut von Tonis Kleidung, seinem Gesicht und seinen Armen zu waschen.

Zumindest aus der Ferne betrachtet wäre ein nackter Mann in diesem Moment auffälliger gewesen.

Es war ein kleiner, schmuckloser Bau – im Vergleich zur Pompösität sonstiger katholischer Bauten überraschend schlicht, zweckdienlich und – zumindest von außen betrachtet – einfach gehalten. Ein niedriger, spitz zulaufender Turm mit angeschlossenem Gebäude.

Toni stand unschlüssig davor und fragte sich, ob das wohl ein sinnvolles Versteck war. Von außen wirkte es nicht als hielte sich jemand darin auf, aber bei Kirchen war das eigentlich immer der Fall. Zumindest parkten auf der ebenen Fläche davor keine Autos, also wurde vermutlich im Moment keine Messe gelesen. Abgesehen davon, dass nicht Sonntag war. *Am Sonntag hätte der Juwelier gar nicht aufgehabt,* dachte Toni, und ein seltsamer Stich fuhr ihm durchs Herz.

Während er die dunklen, schmucklosen Fenster und die abgeriebene Fassade unschlüssig betrachtete hörte er Motorengeräusche, die vielleicht näherkamen, vielleicht auch nicht. Aber man konnte hören, dass es mehr als nur ein Wagen war, und als er sich umdrehte, sah er die lang erwarteten Blaulichter durch den wässrigen Schleier flackern. Keine Zeit mehr für Zögern.

Er hätte sich einfach hinter der Kirche verstecken können, fürs erste reichte es, aus dem direkten Blickfeld der Polizisten zu verschwinden. Aber als er die Vordertür erreichte griff er nach der rostigen Klinke, statt einfach daran vorbeizueilen, und im nächsten Moment war er auch schon drin.

Die Tür fiel ins Schloss – laut, hallend und unheil-verheißend. Das waren Empfindungen, die Toni eigentlich schon immer mit Kirchen in Verbindung gebracht hatte. Hohe Räume, aus irgendeinem Grund immer kalt, wenig einladend, und die Bilder an den Wänden schienen Selbstmordgedanken irgendwie plausibel zu machen. Er erinnerte sich an die Malereien, die in der Kirche gehangen hatten, in die seine Mutter ihn zu bestimmten Anlässen – Weihnachten, Ostern, Erstkommunion, etc. – geschleift hatte. Düster und dunkel, und die einzigen Emotionen, die darauf abgebildet gewesen waren, schienen Leid oder Zorn zu sein.

Das Innere hielt innen was von außen versprochen wurde. Ein verhältnismäßig kleiner Raum, eine winzige Kanzel, ein dem Gesamtbild entsprechender Altar. Allerdings war sie vergleichsweise hell, vor allem wenn man bedachte, dass es draußen bereits dunkel wurde. In seiner Erinnerung war die Kirche in Tonis Heimatort auch an wolkenlosen Sommertagen immer irgendwie düster gewesen. An den Wänden hingen Bilder, und sie zeigten erwartungsgemäß den Leidensweg Christi – aber sie waren bei weitem nicht so düster wie die, an die Toni sich aus seiner Kindheit erinnerte. Auch wirkten sie nicht so alt. *Billig*, schlussfolgerte er und vervollständigte damit den Eindruck, den er von diesem Gebäude hatte: Eine kleine Dorfkirche, deren Gemeinde nicht das Geld aufbringen konnte oder wollte, sie zu mehr zu machen, als sie war. Kein Pomp für Gott in diesen Landen.

Er sah sich um und stellte fest, dass er allein war. Nur er und Jesus, der da vorne über dem Altar hing und sich vermutlich fragte warum ausgerechnet er einen Wichser als Vater haben musste, dem das Jugendamt mal besser einen Besuch abgestattet hätte. Toni war kein großer Verfechter des Märtyrertums.

„Auf der Suche nach Gott?"

Toni erstarrte. Als er sich noch einmal umsah merkte, dass Jesus und er doch nicht allein in der Kirche waren.

Vorn, am Rand der zweiten Reihe, verborgen im diffusen Licht, saß jemand. Sein Kopf war gesenkt, der Blick ruhte auf den gefalteten Händen, diese auf der Ablage für die Gebetsbücher. Ein Mann, schlank, Ende dreißig vielleicht. Schwer zu sagen aus der Ferne. Was allerdings nicht zu übersehen war, war die Priesterrobe. Da hatte er den Chef persönlich angetroffen.

Er konnte sich ein anderes Versteck suchen.

Die wahrscheinlich beste Entscheidung.

Er konnte bleiben und so tun, als wäre er nur ein normaler Kirchgänger, und kein gesuchter Verbrecher.

Die dümmste Entscheidung.

Er konnte hierbleiben und dem Priester mit irgendwas den Schädel einschlagen.

Keine Option für Toni.

Ihm drehte sich allein bei der Vorstellung der Magen um. Sie suchten ihn wegen Mordes, aber Toni war kein Mörder, auch wenn er den Juwelier umgebracht hatte. Das war ein beschissener Tag, der sich weigerte besser zu werden.

Der Priester betrachtete ihn neugierig und offen – wie ein interessierter Zoologe, der einem scheuen Tier gegenüberstand.

„Heute findet eigentlich keine Messe statt", sagte er. „Aber wenn Sie wollen lese ich eine für Sie." Und als Toni nicht antwortete: „Oder wollen Sie lieber beichten?"

Das wollte Toni nicht. Aber vielleicht war es nötig. Vielleicht wollte dieser Diener Gottes einem verirrten Schäfchen eine Chance geben. Eine Chance zur Reue, zur Besserung, auf eine Sitzplatzreservierung im Paradies.

Der Priester sah ihn weiterhin abwartend an, und Toni stellte fest, dass er den Blick dieser Augen nicht mochte. Sie wirkten seltsam, irgendwie verblichen. Zu alt für das Gesicht, zu *gebraucht*.

Vielleicht lag es nur an dem Licht hier drin.

Die Mundwinkel des jüngeren Mannes zuckten in ein kurzes, kaum vorhandenes Lächeln, das genauso schnell verschwand wie es gekommen war, dann drehte er sich wieder Richtung Altar. „Mein ganzes Leben lang war ich auf der Suche nach Gott", sagte er. „Nicht in erster Linie weil ich anderen helfen wollte. Sondern weil ich interessiert war. Weil ich glaubte ganz tief in meinem Inneren zu spüren, dass da etwas ist und dass ich, einzig und allein durch meine Bereitschaft, in der Lage war, dieses etwas ein bisschen fester zu greifen als andere, es klarer zu sehen, mehr davon zu verstehen. Ganz schön eingebildet, nicht wahr?"

Toni verzichtete auf eine Antwort, aber es schien auch keine von ihm erwartet zu werden. Nun gab es also doch eine Predigt, gewollt oder nicht.

„Mir war klar, dass da kein bärtiger alter Mann in den Wolken sitzt und den ganzen Tag damit verbringt, die Menschen in ihrem Bemühen zu beobachten, dem Chaos eine Form zu geben, nur um sich nachts dann ihre Gebete anzuhören. Aber irgendetwas muss da sein, dachte ich mir. Mir kam es seltsam vor, dass tausende von Jahren unzählige Menschen so weit neben der Wahrheit gelegen haben konnten. Dass sich all das, was Religion ist, am Ende nur als funktionale, instrumentalisierte Massentherapie herausstellen sollte – als ein Mittel zum Zweck. Und dass der Zweck nichts anderes ist, als uns davon abzuhalten, uns gegenseitig die Köpfe einzuschlagen." Er hielt kurz inne. „Aber unterm Strich ist sie das, wissen Sie?"

Toni schwieg. Er wusste nicht. Überhaupt war er sich nicht ganz sicher, ob er alles verstanden hatte, was der Priester gesagt hatte. Er sprach mit einer angenehmen, klaren Stimme, der man gern zuhörte, und gern *glaubte*, aber er sprach auch schnell. Verdammt schnell, vor allem für Toni.

„Glauben Sie an Gott?", fragte der Priester.

Toni schwieg. Er suchte nach einer passenden Antwort, aber einem Priester mitzuteilen, dass man nicht an Gott glaubt, wirkte in seinen Gedanken so, wie einem Bäcker zu sagen, man könne Nussschnecken nicht ausstehen. Irgendwie war es unhöflich.

„Glauben ist eine Entscheidung, wissen Sie?", fuhr der Priester fort. „Wissen, das ist eine Tatsache.

Aber glauben? Zum Glauben muss man sich *entscheiden*. Darum geht's."

Jahre später, als die Zeit mit dem Priester zu obskuren Alpträumen verklärt war, erinnerte er sich oft an diese Szene. Und wie anders alles gekommen wäre, wenn er einfach die Tür aufgemacht und zurück in den Regen gegangen wäre.

„Gott existiert", fuhr der Priester fort. „Und jetzt, wo ich das *weiß*, kann ich nicht mehr glauben."

Toni stand weiterhin unschlüssig bei der Tür, bis der Priester auf die abgewetzte Bank neben sich zeigte. „Bitte", sagte er. „Setzen Sie sich."

„Ich bin nass."

Der Priester zuckte die Achseln. „Das waren Sie bei der Taufe auch."

Toni setzte sich. Das vermittelte weniger den Anschein als wäre er auf der Flucht. Und falls der Mann ihm entgegen aller Wahrscheinlichkeit doch gefährlich wurde? Toni hatte vor diesem Tag noch niemanden umgebracht, aber sich zu wehren hatte er gelernt. Und er glaubte trotz des Altersunterschieds kräftiger als der Priester zu sein. Zäher.

Aber er ist schlau, dachte er. *Du musst auf der Hut sein.*

Der Priester sah zum Altar, wo das Kreuz mit Jesus hing. *Als wäre er das unbrauchbarste Segel der Welt*, hatte Toni mal jemand sagen hören. Er wusste nicht mehr wo oder wann. Aber an die Aussage erinnerte er sich.

„Glauben Sie das Gott *so* aussieht?", fragte der Priester. „Wie wir?"

Toni schwieg. Er dachte an seine Mutter, an den *lieben Herrn Jesu*. An den alten Mann, zu dem sie gebetet hatte.

„Kurz vor meinem Studienabschluss überfuhr ich ein junges Reh. Es war Nacht, auf einer kaum befahrenen Landstraße, zwischen zwei Orten, in denen es um diese Zeit nichts mehr zu tun gab. Ich fand es im Straßengraben. Noch am Leben. Im Schein meiner Taschenlampe beobachtete ich wie der Brustkorb sich hob und senkte. Unregelmäßig, zitternd. Sterbend."

Toni erkannte mit einem Mal wie erschöpft der Mann wirkte. Als wäre das das Ende eines langen, langen Tages. Oder mehrerer langer Tage.

„Während ich mich fragte was zu tun war, wurde ich mir des moralischen Dilemmas bewusst, in dem ich steckte. Sollte ich es töten oder in Ruhe lassen? Wer war ich, dass ich ein Leben nehmen durfte? Und hatte ich es nicht schon zur Hälfte genommen? Da wurde mir klar, dass ich auf dem Weg war Geistlicher zu werden und von Leben und Sterben keine Ahnung hatte."

Der Priester gab Toni die Chance, etwas dazu zu sagen, was dieser nicht wollte.

„Was hätten Sie an meiner Stelle getan?"

Tonis Vater war Pragmatiker gewesen, und er hatte seinen Sohn ebenfalls zu einem erzogen. *Was du anfängst musst du zu Ende bringen*, hätte sein Vater vermutlich gesagt.

Wäre *er* damals auf der Straße gewesen, er hätte einen Stein, ein Werkzeug oder was auch immer genommen und dem Reh den Schädel eingeschlagen.

Vielleicht reichte das, um ihn Kirchenuntauglich zu machen. Als seine Eltern starben, zuerst seine Mutter, dann sein Vater, akzeptierte er das mit der stoischen Ruhe, die unabänderliche Tatsachen mit sich brachten. Es gab eine Zeit zu leben und eine Zeit zu sterben, und auch für Toni würde letztere kommen. Das konnte er akzeptieren. Gegen Gefangenschaft würde er sich allerdings wehren, so lange es ging.

„Hätten Sie es umgebracht?"

Toni nickte und fragte sich gleichzeitig, ob das irgendeine schlau formulierte Frage war, mit der der Priester ihm ein Geständnis entlocken wollte. *Wenn Sie ein Reh töten können, dann können Sie auch einen alten Mann erschlagen. Ist nicht so viel Unterschied, oder?*

Aber der Priester schien nichts dergleichen im Schilde zu führen. Er nickte nur, fast anerkennend, und sagte dann: „In dem Fall sind Sie vielleicht ein besserer Christ als ich."

Toni glaubte nicht, dass er ein guter Christ war. Er hatte aber auch keine rechte Vorstellung davon, was ein guter Christ sein sollte. Seine Mutter? Der liebe Gott hier, der liebe Gott da? Auswendig gelernte Gedichte murmeln und an den richtigen Stellen Amen sagen? Toni hatte mit den Gebeten an sich nie ein Problem gehabt, aber wenn er daran dachte wie oft es dabei um Selbstlosigkeit ging, dann war es selbst in seinem begrenzt reflektierten Denken doch überraschend, wie eigennützig das alles wirkte. *Bitte hilf mir da, bitte vergib mir jenes, bitte bitte bitte.* Toni hatte gelernt sich in erster Linie auf sich selbst zu verlassen. Und wenn er schlauer und durchtriebener gewesen wäre, wäre er damit sicherlich durchs Leben gekommen, ohne durch Scheiße zu waten.

Der Priester stand auf und ging zum Altar. Er strich das Tuch, das über dem steinernen Quader lag, glatt, obwohl es dort streng genommen nichts glatt zu streichen gab.

„Als Kind wurde mir gesagt, dass Gott uns alle liebt. Dass er für uns alle da ist. Aber wie soll er uns alle hören, wenn wir ihm unterschiedliche Namen geben?"

Toni wusste es nicht.

„Haben Sie mal darüber nachgedacht was wäre, wenn alle für Gott ein und denselben Namen hätten?"

Hatte er nicht.

„Wenn wir ihn alle ... wie hieß Ihr Vater?"

„Franz."

„Wenn wir ihn alle Franz nennen würden. Alle, weltweit. In allen Religionen. Manchmal frage ich mich, ob das alles besser machen würde. Kein Gott, kein Allah, kein Buddha, kein Shiva – nur Franz."

Der Priester lachte auf und seine kräftige Stimme war unangenehm laut in der leeren Kirche. Toni zuckte unweigerlich zusammen.

„Ich glaube das wäre fantastisch", sagte der Priester.

Toni war sich da nicht so sicher. Franz klang irgendwie nicht sehr ... wichtig. Ihm persönlich war Gott zwar egal, aber selbst ihm war klar, dass er wichtig klingen sollte. Wenn Gott nur noch ein Kumpel war, machte es irgendwie wenig Sinn ihn anzubeten, dachte er, teilte seine Gedanken aber nicht mit dem anderen.

Plötzlich wurde der Priester wieder ernst. „Früher dachten wir Gott existiert, damit wir uns nicht gegenseitig umbringen. Aber Gott hält uns nicht vom Töten ab – er gibt uns einen Grund dazu."

Toni lief ein Frösteln über den Rücken, das er auf die Kälte in der Kirche und seine nassen Kleider schob.

Der Priester wandte sich vom Altar ab. „Als mir das klar wurde, fiel es mir immer schwerer Messen zu halten. Können Sie das verstehen?"

Toni nickte. Konnte er tatsächlich.

„Ich dachte: Wenn kein Gott mehr da wäre, wenn das ganze Konzept aus unserem Denken gestrichen wäre, dann gäb's einen Grund weniger sich die Köpfe einzuschlagen, nicht?"

Toni schwieg.

„Soweit nichts neues, ich weiß. Aber denken Sie trotzdem mal darüber nach. Ich weiß, wir würden was anderes finden. Wir haben ja auch immer noch verschiedene Hautfarben, verschiedene Sprachen, und wenn's hart auf hart käme, hätten wir immer noch verschieden ausgeprägte Geschmacksnerven oder so einen Blödsinn."

Toni beobachtete erstaunt wie der Priester eine Hand hob, mit Zeigefinger und Daumen eine Pistole formte und damit auf jemanden zielte, der nicht da war. „Du magst keinen Kartoffelsalat?", sagte er mit künstlich-strenger Stimme. Und dann schoss er mit seiner lächerlichen Fingerpistole. *Bämm!*

„Idiotisch, nicht wahr?", fragte er.

Toni war durchaus dieser Meinung, behielt es aber für sich.

„*Mein* Gott ist besser als *deiner* ist genauso idiotisch", fuhr der Priester fort. „Erinnern Sie sich? Wissen ist eine Tatsache, glauben eine Entscheidung?" Er kam näher zu Toni, als wären sie zwei Verschwörer, die sich nur flüsternd unterhalten durften. „Wir alle wissen überhaupt nichts. All diese Streitereien sind religionspolitischer Scheißdreck. Grund Numero uno für ein bisschen Krieg. Und er kommt direkt von Gott, ob er das nun so beabsichtigt hat oder nicht. Und wissen Sie was die große Frage dabei ist?"

Toni schüttelte achselzuckend den Kopf.

„Warum. Warum zieht dieser Vorwand so, und warum kommt der liebe Chef nicht runter und sagt: Stopp Leute, was ihr da macht ist Blödsinn. Und wenn ihr's schon nicht einseht, dann lasst zumindest meinen Namen draußen."

„Vielleicht hält er es nicht für Blödsinn", meinte Toni. Er war überrascht als der Priester nickte, als hätte er den Nagel auf den Kopf getroffen.

„Verstörender Gedanke, oder?"

Dem musste Toni zustimmen. Er glaubte Motorengeräusche zu hören, irgendwo draußen, weit weg. Nicht weit genug.

„Wenn Gott eigentlich gar nicht auf unserer Seite ist haben wir ein riesiges Problem." Der Priester sagte es mehr zu sich selbst als zu Toni, und dann blickte er zur Tür.

Toni dachte einen Moment lang das Versteckspiel sei nun vorbei. Aber als er sich ebenfalls zum Eingang umdrehte war dort nichts, das ihre Aufmerksamkeit rechtfertigte. Zumindest nicht Tonis. Plötzlich fragte er sich ob das wirklich ein Priester war. Vielleicht war der Kerl irgendwo ausgebrochen. Aus einer Anstalt. Vielleicht lag hier irgendwo zwischen den Bänken die Leiche des echten Predigers. Vielleicht versteckten sich an diesem verregneten Abend *zwei* Mörder in der Kirche.

„Wir kommen durch diese Tür", sagte der jüngere Mann kopfschüttelnd, „und erwarten, dass hier andere Gesetze gelten als da draußen. Wir betrügen, stehlen und machen weiß Gott was sonst noch, und dann kommen wir hier rein, versprechen uns zu bessern und glauben, dass das alles aufwiegt. Als gäb's hier drin zweite Chancen zu verschenken."

„Sie mögen Ihre Arbeit nicht", stellte Toni fest.

Der Priester lächelte. „Die Zweifel machen sie nicht einfacher. Ist wie ein Fischhändler, der davon überzeugt ist, dass das Wasser, aus dem er seine Ware bezieht, verseucht ist. Verstehen Sie was ich meine?"

„Ja."

„Ja", wiederholte er. „Verzeihung, wie heißen Sie eigentlich?"

„Toni."

Er wiederholte den Namen und nickte dabei, als bedeute er ihm irgendetwas. Er selbst stellte sich allerdings nicht vor und Toni fragte nicht nach.

„Gehst du in die Kirche, Toni?"

„Früher. Mit meiner Mutter."

Wieder nickte er. Toni hatte keine Ahnung was es da zu benicken gab.

„Jetzt nicht mehr?"

Es war erneut das Bäcker-Nussschnecken-Dilemma und Toni wählte einen Mittelweg zwischen Lüge und Wahrheit. „Nicht mehr so oft."

Der junge Mann lächelte. „Du musst mir nichts vormachen. Ich schick dich nicht in die Hölle, wenn du keine Messen besuchst. Dein Leben, deine Entscheidung."

Toni betrachtete ihn und versuchte die Falle in seinen Worten zu erkennen. Er hatte das starke Gefühl auf der Hut sein zu müssen, aber es war nur Instinkt, es gab keine Hinweise, an die er sich klammern konnte. Es war nur ein Gefühl. Ein Gefühl, als säße er am Rande eines Abgrunds, könne aber nicht sehen wo der Boden endete. Er wusste nur, dass es dahinter weit nach unten ging.

„Also?"

„Nein."

„Mhm." Der Priester lächelte weiterhin.

Toni hatte seine Mutter mal zu Weihnachten gefragt warum er nachts nach der Bescherung noch in die Kirche gehen müsse. Als Argument hatte sie weder vorgebracht, dass er damit seinen Dank zeigen oder Gott Respekt erweisen müsse, weil der ein so verdammt lässiger Kerl war. Sie hatte gesagt: Weil es sich nun mal so gehört.

Toni hatte dieses Argument nie wirklich begreifen können, und er glaubte sich zu erinnern, dass er an diesem Weihnachten begonnen hatte an der ganzen Sache zu zweifeln.

„Ich frage mich seit einiger Zeit: Was wäre, wenn Gott und der Teufel ein und dasselbe sind? Zwei Seiten derselben Medaille, und wen von den beiden man sieht kommt nur auf den Blickwinkel an."

Toni zuckte die Achseln. „Dann ist es egal ob das Kreuz auf dem Kopf steht oder nicht."

Der Priester sah ihn überrascht an, bevor er auflachte. Toni bemühte sich mit einzustimmen, aber das Lachen war trotz aller Lautstärke zu hohl und freudlos, um ansteckend zu wirken.

„Ja, das stimmt wohl", sagte der jüngere, als seine falsche Freude nur noch in Tonis Ohren nachklang. „Manchmal frage ich mich, ob Gott eine Erfindung des Teufels ist. Ob der irgendwann rumgegangen ist und jedem Gott unter einem anderen Namen verkauft hat. Ob er uns einfach ausgetrickst hat."

Toni glaubte das nicht. Es war ihm aber auch egal. Er war kurz davor dem Gespräch überdrüssig zu werden, als der Priester sagte: „Manchmal glaube ich Gott schämte sich so sehr, als er mit unserer Erschaffung fertig war, dass er sich umdrehte und uns allein ließ."

Vieles von dem, was der Priester an jenem Abend sagte, blieb in Tonis Erinnerung haften. Aber nichts davon hatte auch Jahre später noch eine so gewaltige Wirkung auf ihn wie dieser letzte Satz. *Gott schämte sich und ließ uns allein.*

Toni war sein ganzes Leben lang allein gewesen und sich nie so vorgekommen, aber die Erinnerung an diese Worte gab ihm das Gefühl ein hilfloses Kind auf einem endlosen Meer aus Dunkelheit zu sein.

Der Priester sprach noch ein wenig länger von Gott und Moral und dem ganzen Dilemma, aber er verlor kein einziges Wort über die Blutspuren auf Tonis Kleidung, die immer schwerer zu übersehen waren, je trockener der Stoff darunter wurde.

Als die Welt draußen dunkel geworden war und immer noch keine Einsatzwagen vor der Kirche parkten, wollte Toni verschwinden.

Der Priester stand auf und streckte sich, so wie man das nach einem langen Tag im Büro tat. Dann betrachtete er Toni mit einem müden Blick, in dem die letzten Reste eines verebbten Schicksalsschlages zu liegen schienen.

„Ich habe Gott gefunden", sagte er. „Willst du ihn sehen?"

8

Toni war von Natur aus kein neugieriger Mensch. Trotzdem ging er mit, als der Priester ihn zu der Tür neben dem Altar führte. Sie durchquerten ein kleines, aufgeräumtes Büro und Toni konnte nicht anders als nach der Leiche des echten Priesters zu suchen. Er entdeckte nichts das auf ein Verbrechen hinwies, abgesehen von der Sauberkeit des Raumes. Fast *zu* sauber. Wie ein gesäuberter Tatort.

Warum Toni dem Priester immer noch folgte wusste er nicht. Vielleicht weil die Ausstrahlung des jüngeren Mannes es leicht machte ihm zu folgen. Vielleicht weil er wirkte, als hätte er niemanden zum Reden und Toni ihm einen Gefallen tun wollte. Sein Karma wieder etwas aufbessern. Was auch immer der Grund war, das Gefühl mit offenen Augen in eine Einbahnstraße zu wandern blieb.

Der Regen hatte aufgehört und als sie die Kirche durch den Hinterausgang verließen hob der Priester den Kopf und betrachtete den Himmel. Toni tat es ihm gleich, weil er dachte, dass sein Gott dort zu sehen war – was Sinn gemacht hätte. Der Gott von Tonis Mutter hockte auch irgendwo dort oben.

Aber da war nichts, nur Sterne.

„Kennst du dich mit den Gestirnen aus?", fragte der Priester.

Toni schüttelte den Kopf. Er hatte sich nie viel aus Sternen gemacht. Als Kind hatte er ein paarmal versucht Sternbilder zu erkennen, aber abgesehen vom kleinen Wagen hatte er nie eines gefunden.

Der Priester nickte nur.

Hinter der Kirche, wo das Gelände steil anstieg und der Wald begann, befand sich eine verwitterte, verzogene Holztür. Für Toni sah sie aus als könnte man sie kaputtspucken, aber als der Priester sie aufzog sah man wie massiv und schwer sie war.

„Das war mal ein Vorratskeller", sagte er und Toni wusste das es ein Fehler war da hinein zu gehen. Wie ein Kind, dem eingebläut worden war nicht zu Fremden ins Auto zu steigen und das aufgrund fehlender Negativerfahrungen im entscheidenden Moment diese simple Regel doch ignorierte, stand er unschlüssig vor dem schwarzen Rechteck, während Neugier und Fluchtinstinkt in seinem Verstand Ping-Pong spielten.

„Gott ist da drin?", fragte Toni, aber der Priester schien ihn gar nicht zu hören. Er ging voraus in die Dunkelheit und es hatte den Anschein als kümmere es ihn gar nicht ob Toni mitkam oder nicht.

Toni kam mit.

9

Hinter der Tür lag ein überraschend geräumiger Raum. Der Priester entzündete eine altmodische

Gaslaterne, und soweit Toni in dem schwankenden Licht erkennen konnte, befand sich hier drin nichts außer Schrott und Gerümpel. Altes Zeug, das mit altem Staub bedeckt war. Toni erwartete fast, dass der Priester irgendein uraltes Gemälde von Jesus hervorzaubern würde, um es ihm stolz zu präsentieren. Oder vielleicht nicht von Jesus, vielleicht von seiner Großmutter. Mittlerweile war er sich nicht mehr so sicher, ob sich im Kopf des Mannes nicht ein paar Drähte berührten, die sich nicht berühren sollten.

Während der Priester zu einer handvoll Stufen ging, die leichter zu übersehen als zu finden waren, suchte Toni nach einer brauchbaren Waffe. Nur für den Notfall, aber wenn dieser tatsächlich eintrat wollte er gewappnet sein.

Dreh um, sagte eine Stimme in seinem Kopf, aber Toni drehte nicht um. Und er fand auch nichts das gefährlicher als seine Fäuste war.

Er folgte dem Priester die Stufen hinunter und zu einer Stelle, an der die Holzscheite des Wandverschlags zerbrochen und herausgeschnitten worden waren. Dahinter begann ein schmaler Gang, der so niedrig war, dass die beiden Männer gebückt gehen mussten.

Die plötzliche Schweigsamkeit des Priesters war Toni alles andere als recht. Er brauchte keinen Instinkt, um zu erkennen, dass sie kein gutes Zeichen war.

Dreh um, meldete sich die Stimme in seinem Kopf wieder, aber dann war der Gang zu Ende und sie standen in einer kleinen Ausbuchtung, einem winzigen Raum, dessen Wände wie der schmale Gang nur aus abgestütztem Erdreich bestanden. Gegenüber der Stelle, durch die sie ihn betreten hatten, war ein Loch von der Größe eines Kanaldeckels im Boden.

Der Priester befestigte die Lampe an einem Seil und ließ sie hinunter.

„Ich geh vor", sagte er und kletterte an einer Strickleiter nach unten, die Toni gar nicht gesehen hatte.

Toni drehte sich um. Die Öffnung zum engen Gang war noch zu sehen, dahinter nichts mehr. Er würde den Weg zurück problemlos finden, verirren konnte er sich ja nicht. Aber wollte er wirklich nicht wissen was sich dort unten befand?

Er setzte sich auf den kalten Boden und folgte dem Priester.

10

„Was ist das hier?", fragte Toni. Das war kein Keller mehr. Das waren unterirdische Stollen.

„Ich bin auf die Gänge gestoßen, als ich den alten Vorratsraum ausmisten wollte."

Toni erinnerte sich an die zerbrochenen Bretter, die den engen Gang über ihnen früher mal verborgen hatten und musste an eine zerstörte Straßenblockade denken. Straßenblockaden hatten für gewöhnlich einen Sinn.

„Ist gleich da vorn", sagte der Priester, und vielleicht kam das Glänzen in seinen Augen nur von der Flamme der Lampe. Vielleicht war es nicht die Abwesenheit von Vernunft, die Toni dort sah.

Sie erreichten über den leicht abschüssigen Gang eine große unterirdische Halle, auf die sie von oben hinunterblickten. Unter ihren Füßen war alles schwarz. Sterne spiegelten sich in der unbewegten Oberfläche. Dort unten musste ein See sein. Toni hob den Kopf, weil er nicht das Gefühl hatte wieder unter freiem Himmel zu sein. Über ihnen befand sich nur die Decke der Höhle – aber woher kam dann die Spiegelung?

Als er verwirrt wieder nach unten blickte erkannte er, dass dort kein Wasser war und die Sterne keine Spiegelung. Dort war der Himmel.

Er spürte wie sein Magen sich verkrampfte und sein Verstand einen Moment lang ausgehebelt zu werden schien, als er versuchte die Sinnestäuschung zu verstehen. Aber am Ende der Gleichung blieb nur das unbestimmte Gefühl, dass das gar keine Täuschung war.

„Ich habe dich gefragt ob du denkst dass Gott so aussieht wie wir, erinnerst du dich?", fragte der Priester.

Toni nickte.

„Tut er nicht. Aber er hat uns nach seinem Abbild geschaffen."

Toni hatte keine Ahnung was das heißen sollte. Er hörte schockiert wie die bisher angenehme Stimme des Priesters zu schrill wurde, sich überschlug und nicht mehr ganz zurechnungsfähig klang. Er sah das verzerrte Lächeln im Gesicht des Mannes, und das Glänzen kam definitiv nicht nur vom Widerschein der Lampe.

Das *war* Wahnsinn.

„Sieh hin", sagte der Priester. Er zeigte in den dunklen Himmel unter ihnen. „Siehst du ihn?"

Zuerst sah Toni gar nichts und während alles in ihm nach Flucht schrie, war er unfähig sich zu bewegen. Wie das sprichwörtliche Kaninchen vor der Schlange.

Und dann tauchte aus dem Schwarz etwas auf.

Toni starrte mit gelähmtem Verstand auf das Ding, dass sich dort aus der Finsternis schälte. Es war ein monströses Etwas, eine bizarre Mischung aus sich windenden Schläuchen, die ihn an Eingeweide erinnerten. Es hatte Augen, Köpfe und Gesichter. Nicht alle waren voll ausgeprägt, und nichts davon schien der ‚Hauptkopf' zu sein. Die Haut war wund und schälte sich in langen Streifen vom Körper, die dem gesamten Ding den Anschein gaben, als wäre es in Lumpen gewickelt. Irgendwo waren Zähne, und es gab keine Möglichkeit festzustellen wo oben und wo unten war. Es kam auf sie zu, trieb nach oben, schwebte herunter – Toni wusste selbst nicht mehr in welche Richtung die Schwerkraft zog. Er merkte wie ihm schwindlig wurde und er musste sich an der Wand abstützen, um nicht zu fallen.

Um nicht da hinunter *zu fallen.* Der Gedanke saugte ihm mit einem Mal sämtliche Kraft aus den Beinen. Er spürte wie seine Muskeln zitterten und zu versagen drohten, klammerte sich an das letzte bisschen Restverstand, das ihn vielleicht noch auf den Beinen halten konnte.

Der Priester lachte. Freudlos, wie immer. „*Das* ist Gott!", schrie er und seine Stimme hatte nichts vernünftiges mehr an sich. „Wir sind das Abbild Gottes! *So* sehen wir hier drin aus!" Er tippte sich mit der freien Hand an die Schläfe.

Ein dumpfes Stöhnen erfüllte den Raum und Toni merkte in seinem schwindenden Realitätsbewusstsein, dass es von ihm selbst kam. Er war kurz davor ohnmächtig zu werden. Er musste hier raus.

Aber als er sich umdrehen und fliehen wollte packte der Priester ihn am Arm.

„Wir sind Abfall!", schrie er. „Wir sind es nicht wert, dass man uns zuhört! Verstehst du das, Toni? Verstehst du das?"

Toni starrte in die vernunftlosen Augen und wusste nicht, ob es hier überhaupt noch etwas zu verstehen gab.

Das Ding erreichte ihre Höhe und Toni sah wie groß es war – ein Berg aus überdimensionierten Gliedmaßen, Innereien, Augen und Zähnen, eine biologische Perversion, die aussah als hätte man ein Massengrab in einen gigantischen Mixer entleert und das halb pürierte Resultat wieder ausgeschüttet.

Toni spürte das er sich übergeben musste, aber er wollte nicht, wollte nichts von sich hier zurücklassen.

Er riss sich vom Griff des Priesters los und taumelte zurück in Richtung Strickleiter.

Der abartige ‚Gott' ließ sich an der Decke nieder und reckte einige seiner verdrehten Gliedmaßen nach dem Priester.

Dieser kehrte ihm den Rücken zu, blickte zu Toni. Und seine Stimme hatte in diesem Moment fast wieder den angenehmen Klang, den Toni kennengelernt hatte.

„Wie soll ich vom Paradies predigen, wenn so etwas existiert?", fragte er, und als Toni sah wie unzählige Hände nach dem Mann griffen, die zwar verformt, aber immer noch menschlich aussahen, begann er zu schreien.

Sie packten den Priester, zerrten ihn hinein in dieses apokalyptische Ungetüm, das nur dem verwirrten Verstand eines Kindes entsprungen sein konnte, dem *Alptraum* eines Kindes.

Die Lampe fiel zu Boden. Brennspiritus trat aus, entzündete sich und bald breitete sich eine Lache aus Feuer in Richtung des Abgrunds aus.

Das Ding zuckte davor zurück und Toni dachte, dass es kein Teufel sein konnte – Nicht wenn es Angst vor Feuer hatte. Gott hingegen *musste* im Umkehrschluss Angst vor Feuer haben, das war nur logisch.

Es wich zurück, während der Priester, von unzähligen Händen gehalten, an seiner monströsen Seite hing. Er stieß Laute aus, die irgendwo zwischen schreien und lachen lagen und weder das eine noch das andere waren.

Toni wandte sich ab und rannte in der Dunkelheit zurück nach oben.

11

Er erreichte den kleinen Vorratskeller neben der Kirche, taumelte in die frische Luft hinaus und stürzte zu Boden. Sein Herz raste. Und als sein Blick unfreiwillig nach oben glitt, drohte er für einen Moment doch noch das Bewusstsein zu verlieren.

Die Sterne waren weg. Da war nur schwarz.

Und es war nicht schwer, sich vorzustellen, dass der ‚Gott' zu ihm herunterkam, um ihn ebenfalls zu holen.

Aber als die Wolkendecke an einer Stelle aufriss erkannte er, dass nur sie es waren, die den Blick auf die Sterne verbargen. Nur Wolken, kein See aus Finsternis, der schwerkraftmäßig an der falschen Stelle hing.

Toni rannte nicht zu seinem Wagen, sondern überquerte das Feld vor der Kirche, erreichte die Straße und folgte ihr bis er zusammenbrach.

Er wurde nicht gefunden. Er wurde nicht verurteilt, nicht angeklagt und nicht eingesperrt.

Aber seit dieser Nacht lebt Toni in seiner ganz eigenen Art von Gefängnis.

Denn glauben ist eine Entscheidung.

Wissen eine Tatsache.

DAS GEWÄCHSHAUS

Tobias Jakubetz

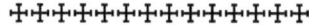

I.

Jetzt war es so weit. Der alte Böttcher Gowan McIntyre hatte es schon am Morgen vorausgesagt. „Es wird regnen, Junge. Brauchst nur nach oben zu sehen. Keine Wolke am Himmel und die Vögel fliegen nicht. Mach dich drauf gefasst."

Crisdean Sutherland lachte laut auf und schlug dem buckligen Gowan scherzend auf die Schulter. „Soll es doch. Solange die Tropfen nur grade fallen, soll's mir recht sein."

Der Alte wollte ihm noch etwas zuraunen und war schon im Begriff, seinen knorrigen Arm auf seine Schultern zu legen, als Crisdean sich geschickt abwandte. Er hatte keine Lust auf Gowans Thunfischatem und fühlte sich auch nicht so heiter, wie seine Reaktion auf des Alten Vorhersage vermuten ließ. Also machte er sich mit einem kurzen Gruß los und verließ über die holprige Hauptstraße Aviemore. Er hörte McIntyre zwar noch etwas rufen – es klang ein wenig ärgerlich und Wörter wie „Nichtsnutz" und „undankbar" schienen darin vorzukommen –, verstand es aber aufgrund der Entfernung und weil er begonnen hatte, eine Melodie vor sich hinzusummen, nicht recht.

Jetzt aber, am Abend, bereute Crisdean, dass er die Worte des Böttchers vom Morgen auf die leichte Schulter genommen hatte.

Mit Sack und Pack, nämlich mit so viel von seinem Hab und Gut, wie er in seinem alten Koffer und seiner Rückentrage mitnehmen konnte, war er aufgebrochen. Man hatte ihm gesagt, dass es ein Tagesmarsch sei, um von Aviemore zu dem Anwesen der Lady Caerlion McClayton zu gelangen. Er solle erst auf der Straße nach Ullapool gehen, dann aber, weil es kürzer sei, nicht dem Weg Richtung Wick folgen, sondern sich auf einen schmalen Fußweg, am Torfsumpf vorbei, begeben.

Anfangs war Crisdean der Marsch leichtgefallen und hatte ihm das Wandern Freude bereitet. Er fühlte eine Art Vorfreude auf das Kommende in sich, schließlich war er in seinem noch jungen Leben bislang nie so weit weg von zu Hause, wie er es nun vorhatte. Freilich, je länger sein Marsch dauerte, umso mehr Zweifel kamen ihm an dem, was er tat – weil er in seinem noch jungen Leben bislang nie so weit weg von zu Hause war.

Irgendwann taten ihm dann auch noch die Füße in seinen ausgelatschten Stiefeln so weh, dass er sich setzte, um sich das Ganze aus der Nähe anzuschauen. Da passierte ihn just in diesem Augenblick auf schnellen Rädern eine Postkutsche. Aber welchen Sinn hatte es, sich darüber zu ärgern? Bezahlen hätte er die Fahrt eh nicht können, deswegen war er ja gerade unterwegs zu Lady McClayton.

Dann brach die Dunkelheit herein.

Der Regen setzte erst langsam ein und wurde dann, typisch für diese Jahreszeit, mit einem Mal sehr heftig. Der Wind peitschte Crisdean die Regentropfen ins Gesicht, und schneller als erwartet waren seine Kleidung und seine Stiefel völlig durchnässt. Überdies wurde es merklich kühler. Crisdean schlug den Kragen seines Mantels hoch, zog seine Rückentrage an und versuchte so der tief in ihm aufsteigenden Kälte zu trotzen.

Währenddessen bildete sich im Sumpf Nebel, dessen Schwaden unaufhaltsam auf den Fußweg, den er seit geraumer Zeit nutzte, waberten. Dabei ächzte und stöhnte es, als litt der Sumpf an unerträglichen Qualen.

Crisdean spürte ein Gefühl in sich, das er so bisher noch gar nicht richtig kannte. Dies beunruhigte ihn fast noch mehr als der Umstand, dass das Gefühl ja selbst beunruhigend war. Er dachte an seine Kindheit zurück, an die Mutter, wenn sie ihm Fabeln und Märchen erzählte, von Each Uisge, dem Wasserpferd, das Wanderer erst aufsitzen und dann ertrinken lässt, vom Kelpie, einem anderen Wasserpferd, das es auf ähnliche Weise auf Menschen abgesehen hatte, oder vom Fachan, der nur ein Auge, ein Bein und einen Arm besitzt. Da wurde ihm klar, dass er dieses Gefühl nur vergessen hatte, dass es Angst war, die er hatte, sehr große sogar. So groß, dass ihm schwindelte. Verzögert nahm er ein Trappeln wahr. Etwas kam aus der Dunkelheit auf ihn zugelaufen. Es war groß und bäumte sich auf. Voller Furcht trat Crisdean einen Schritt zurück und stolperte über eine große Wurzel. Er landete mit seinem Rücken auf dem feuchten Gras.

II.

Ein Schnauben war über Crisdean. Er blickte nach oben und konnte in der Dunkelheit fast nichts erkennen. Jemand beobachtete ihn, das spürte er. Aber konnte der denn mehr sehen als er selbst?

Ein heller Schein entzündete sich schräg über seinem Kopf. Crisdean sah dampfende Nüstern direkt vor sich, das Licht blendete zu sehr, um mehr wahrzunehmen. Merkwürdige Stille trat ein, nur der prasselnde Regen war noch zu hören.

„Was suchst hier?", fragte eine tiefe Stimme derb.

Crisdean blieb stumm. Er wusste nicht gleich, was er antworten sollte.

„Hörst schlecht? Sag, was machst hier? Hast hier nichts verloren." Der Mann stammte nicht aus dieser Gegend. Crisdean hörte seinen Dialekt zum ersten Mal.

„Ich... ich... will zu Lady... McClayton", stotterte er.

„Sonst wärst nicht hier, hat nichts zu bedeuten", antwortete die Stimme kühl. „Ich frag ein letztes Mal, Bursche: Was willst?"

Der Mann hielt seine Laterne näher an Crisdean heran.

„Wegen der Anstellung als Gärtner bin ich hier. Deswegen bin ich hergekommen. Eure Mylady sucht einen", antwortete Crisdean beunruhigt.

Der Mann sprang von seinem Pferd ab, trat mit seiner Laterne dicht an den immer noch Liegenden heran und beugte sich zu ihm herunter. „Brauchst nicht so fein zu tun, bin auch nur Stallknecht", entgegnete er mürrisch. „Wie ist dein Name?"

„Ich... ich heiße Crisdean. Crisdean Sutherland. Aus Aviemore", antwortete Crisdean, weniger unsicher als noch zuvor.

„Aus Aviemore? Von so weit unten kommst? Heilige Jungfrau, was willst dann hier oben?" Der Mann zog einen schiefen Mund, spuckte darauf etwas aus, das Kautabak gewesen sein könnte.

Crisdean verlor ein wenig die Angst oder jedenfalls den großen Respekt, den er vor dem Mann noch zu Beginn hatte. Mit seinem schrägen Maul sah er fast schon dümmlich aus. Er hatte ihm auch nicht richtig zugehört.

„Hab's dir doch grade gesagt. Ich bin wegen der Stelle als Gärtner hergekommen."

Der Mann mit der Laterne richtete sich schlagartig wieder auf. „Kein Grund frech zu werden, verstehst?"

„Bin gar nicht frech. Hab' dir nur deine Frage beantwortet."

„Hat ja auch lang genug gedauert."

Mit etwas Mut fragte Crisdean: „Wie heißt du?"

„Geht dich nichts an. Hast doch wohl gedacht, ich bin der Fachan mit seinem Kelpie. Dass dir das letzte Stündlein schlägt. Das hast gedacht. Wozu willst's auch wissen?"

„Weil ich wissen will, mit wem ich rede."

„Geht dich nichts an. Bist fremd hier, also halt dich an die Regeln, verstehst?"

Schweigend drehte sich der Namenlose um und setzte sich wieder auf sein Pferd. „Komm mit", befahl er, ohne Crisdean anzublicken, „zwei Mal sag ich's nicht."

Crisdean stand auf, klopfte sich den Dreck ab und folgte dem Reiter ohne Namen.

„Wenn's stimmt, was sagst, Bursche, wird der Herr Forsyth schon Bescheid wissen. Wenn nicht, dann gnade dir die Heilige Jungfrau."

Erschöpft stapfte Crisdean hinter dem Mann und dessen Pferd her. In nicht allzu weiter Ferne sah er Lichter brennen.

╬╬╬╬╬╬╬╬╬╬╬╬╬

III.

Bis zum Erreichen des Herrenhauses wechselten Crisdean und der Mann mit dem schiefen Mund kein Wort mehr. Nur hin und wieder murmelte er etwas, dass er doch gedacht habe, jetzt komme ihn der Fachan mit seinem Kelpie holen. Dann lachte er auf und schwieg wieder für eine Weile.

Wo genau das Anwesen der Lady McClayton anfing und wo es wieder endete, ließ sich nicht sagen. Es gab keine Zäune, Mauern oder andere Umgrenzungen. Die Lichter des Herrenhauses kamen zwar näher, der Boden aber blieb matschig. Erst als die beiden Männer schon fast angekommen waren, begann ein schmaler, mit Kieselsteinen ausgelegter Weg, der direkt zu der Freitreppe des Herrenhauses führte. Der Reiter hielt an. Auch Crisdean blieb stehen.

„Du wartest hier, verstehst? Mach bloß keine Faxen, wirst es nur bereuen."

Crisdean nickte, aber der Schiefmündige schaute ihn gar nicht an. Er stapfte schwerfällig die wenigen Stufen zu der Eingangstür hinauf und zog an der Glocke.

Als die Tür einen Spalt weit geöffnet wurde, sagte er: „Den da, den da unten, den habe ich gefunden. Am Sumpf. Er sagt, er ist gekommen, als Gärtner. Ich weiß nicht ob's stimmt. Dachte mir, Sie wissen das."

Jemand erwiderte etwas, worauf der Stallknecht antwortete: „Ja, wie Sie wünschen. Er ist nur ganz dreckig halt. Sollte man so nicht ins Haus lassen."

Die andere Person sprach jetzt wieder, während der Stallknecht ihr konzentriert lauschte. „Hab's verstanden. Zum Nebeneingang. Wie Ihr wünscht."

Dann wurde die Tür geschlossen und der Stallknecht stieg umständlich die Treppe herab. In seiner Hand hielt er immer noch die Laterne. Crisdean fiel erst jetzt auf, dass der Mann humpelte.

Grob packte er Crisdean am Arm und zog ihn mit sich. Er hatte große Hände und einen schmerzhaftfesten Griff. „Komm mit, Bursche. Aber nicht durch's Haupthaus. So wird Mylady dich nicht empfangen, Schmutzfink, du. Nicht mal der Butler will dich so zu Gesicht bekommen. Schäm dich, so hierherzukommen!"

„Lass mich los, ich kann selber gehen!", protestierte Crisdean und versuchte sich vergeblich zu entwinden.

„Zier dich nicht, Bengel. Kommst jetzt mit, verstehst?"

Crisdean gab allmählich den Widerstand auf, der keinen Sinn hatte, weil er wirkungslos war. So trabte er neben dem Stallknecht her. Dieser nuschelte etwas, was sich so anhörte, als ob er endlich den Feenjungen gefangen habe und nun zu den Sturmhexen bringe. Dann lachte er auf und hielt schließlich seinen schiefen Mund, bis sie am Eingang zum Nebengelass ankamen. Dort ließ er den Türklopfer drei Mal wuchtig auf die Holztür fallen.

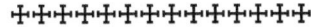

IV.

Es dauerte ein wenig, bis die Tür geöffnet wurde. Eine verhärmt ausschauende Frau, vielleicht noch jünger als Crisdean, steckte ihren Kopf abwartend zwischen Schlitz und Rahmen.

„Warst schon schneller früher. Hab jemanden mitgebracht."

Crisdean war noch von der Tür verdeckt. Jetzt zog ihn der Stallknecht zu sich, um der Frau seinen Anblick zu offenbaren.

Streng blickte sie Crisdean an, aber auch ohne Interesse. „Der kann nicht rein, der macht alles dreckig", war das Einzige, was ihr einfiel. Sie wendete sich ab und war im Begriff die Tür wieder zu schließen. Da setzte der Stallknecht erneut an.

„Geht nicht. Der soll hier arbeiten. Als Gärtner. Sagt er. Und der Herr Forsyth", stellte er mit erhobener Stimme fest.

Mürrisch blickte die Frau erst den Stallknecht, dann Crisdean an. „Der macht alles dreckig und ich muss es dann sauber machen."

Der Stallknecht runzelte die Stirn. Dann sagte er: „Ist gleich. Die Mylady will es auch so. Lass uns jetzt rein, Aileen." Er wartete die Reaktion der Frau nicht ab und drängte sich gewaltsam durch Tür und Rahmen an ihr vorbei. Crisdean zog er mit sich.

Die Frau grollte und meinte, dass die beiden die Katze fressen solle und dann der Teufel die Katze. Darauf schlug sie die Tür zu.

Erst jetzt ließ der Stallknecht Crisdeans Arm los. Er stellte sich vor einen Bottich, nahm sich eine Schöpfkelle und ließ deren Inhalt in seinen geöffneten Mund laufen, der selbst beim Trinken noch schief war.

„Gib dem Jungen was zum Anziehen. Er soll sich waschen", verfügte der Stallknecht. Aileen stemmte ihre Arme in die Hüfte und baute sich vor dem grobschlächtigen Mann auf. Sie sah winzig aus.

„Seit wann gibst du hier die Anweisungen, hä? Ich lass mir doch von dir nichts sagen, nur vom Herrn Forsyth und Mylady", keifte sie.

„Heilige Jungfrau, stell dich nicht so störrisch an. Mach endlich, was ich gesagt hab", schrie der Stallknecht und erhob dabei seine rechte Hand, in der er immer noch die Schöpfkelle hielt.

Die Frau riss ihre Arme hoch und glaubte wohl, schon müsste sie Prügel beziehen. Da ging die Tür auf und eine nicht mehr junge Frau schob ihren rundlichen Körper in das Gelass. Der Stallknecht hielt sofort inne.

„Was soll dieses Gezeter und Geschrei? Haltet einfach eure Mäuler, es kommt eh nichts Gescheites dabei raus! Nimm die Kelle runter, Caimheul! Und du," - sie wandte sich an Aileen - „du machst endlich, was dir Herr Forsyth aufgetragen hat. Herrje!"

Die Frau schnaufte tief durch. Dann fiel ihr Blick auf Crisdean.

„Wie heißt du, mein Junge?", fragte sie weich.

„Ich heiße Crisdean Sutherland", antwortete Crisdean brav.

„Und du bist hier, weil du bei unserer Mylady als Gärtner arbeiten willst?", fragte die Frau fast schon sanft, obwohl sie die Antwort bereits wusste.

„Ja. So ist es."

„Gut, Crisdean. Ich werde Albiona genannt. Wasch dich und zieh dir frische Kleidung an, die Aileen dir geben wird. Danach gehen wir zu Herrn Forsyth, dem Butler, und er dann mit dir zu unserer Mylady, wenn sie Zeit für dich hat."

V.

Als Crisdean frierend aus dem Trog stieg, lag da noch nicht die angekündigte Kleidung. Seine Blicke schweiften unruhig umher, aber es war nichts zu sehen. Er war nackt und genierte sich dafür. Außerdem war es kalt. Hilflos sah er zu der Tür des winzigen

Raumes. Da bemerkte er zwei neugierige Augen im Türspalt, die ihn beobachteten. Ihm war ein wenig unheimlich und auch peinlich zumute, doch fasste er sich ein Herz und fragte halblaut: „Wer ist da?"

Ein Kichern, das von einem Mädchen stammen musste, beantwortete seine Frage nur unzureichend.

„Wer da?", fragte er, nun etwas forscher. „Komm heraus und zeig dich!"

Es wurde wieder still. Nach einem Augenblick ging die Tür auf und ein rothaariges Mädchen stand in der Kammer. In Ihren Armen hielt sie frische Kleidung, darauf ein paar saubere Stiefel.

Crisdean errötete.

Das Mädchen begann erneut zu kichern. „Brauchst dich nicht zu zieren, hab schon andere wie dich gesehen." Sie reichte ihm Kleidung und Stiefel und blickte ihn ungeniert an.

„Wen denn? Deine Brüder?"

„Musst nicht ablenken. Ich seh schon, wie's dir unangenehm ist. Aber bei der Herrin wird's dir nicht mehr passieren, versprochen!"

Crisdean wusste nicht, was das bedeuten sollte. Da er sich nur widerwillig unter Beobachtung des Mädchens anzog, ließ er es auf sich beruhen. „Wie heißt du?", fragte er hastig, um sich nicht so beobachtet zu fühlen.

„Deirdre. Und du?"

„Crisdean."

„Was machst du hier?"

„Ich will als Gärtner für deine Herrin arbeiten."

Deirdre trat auf Crisdean zu und fuhr mit ihrer Hand über seine Schultern. „Der Letzte war lang hier und dann plötzlich weg. Er hat sich nicht einmal von uns verabschiedet."

„Das macht man nicht", stellte Crisdean beiläufig fest und schlüpfte in seine Stiefel.

„Mylady verbringt sehr viel Zeit in ihrem Gewächshaus. Deswegen muss da drin immer alles in Ordnung sein."

„Dafür bin ich hergekommen. Ich hab schon gehört, dass eure Herrin die Pflanzen sehr liebt."

„Mehr als einer gesunden Frau guttut", entgegnete Deirdre kühl.

„Was willst du damit sagen? Es steht dir gewiss nicht an, über deine Herrin zu urteilen."

„Wenn du meinst. Aber mach dir selbst ein Bild von ihrer Leidenschaft für die Pflanzen in diesem Gewächshaus. Vor dem Tod des Herrn war die allerdings noch nicht so groß..." Deirdre lächelte spöttisch.

„Du redest rätselhaft, Mädchen."

„Es ist kein Rätsel, sondern offensichtlich. Bestimmt wirst du bald dahinter..."

Albiona stand schon einige Zeit unbemerkt in der Tür. Nun trat sie in den Raum und schlug heftig einen hölzernen Stößel auf den Hinterkopf Deirdres, was diese zum Aufschreien brachte.

„Was fällt dir ein, so über Mylady zu sprechen, du undankbares Ding?" Albiona versetzte dem Mädchen mehrere Klapse mit der flachen Hand auf den Hinterkopf, den schützend erhobenen Händen zum Trotz. „Sie redet dummes Zeug. Glaub ihr kein Wort. Das Ding ist ungezogen und langweilt sich. Da redet man so was daher."

„Ich hab's nicht recht verstanden. Was meinte sie damit?", fragte Crisdean, der erst selbst wieder Fassung erlangen musste.

„Nein, nein. Da lohnt kein weiteres Wort. Alles nur Hirngespinste einer ungezogenen Göre."

Deirdre hielt sich schweigend den Kopf. Ein paar Tränen rannen über ihr Gesicht. Ob aus Wut oder Schmerz, ließ sich nicht entschieden.

Albiona bemühte sich darum, so zu tun, als wäre nichts gewesen. Sie setzte ein Lächeln auf und sagte, indem sie Crisdean anschaute: „So gefällst du mir, so kann ich dich mit rüber ins Haupthaus nehmen. Folge mir!"

Als Crisdean sich an Deirdre vorbei zur Tür zwängte, raunte sie ihm kaum hörbar zu: „Wirst es noch sehen."

✝✝✝✝✝✝✝✝✝✝✝✝✝

VI.

Der Weg zu Herrn Forsyth führte an einer langen Ahnengalerie vorbei. Die Männer blickten düster auf Crisdean und Albiona herab.

Am Ende des langen Ganges stand ein vornehm gekleideter Mann in sehr aufrechter Haltung. Er war auffallend groß. Neben dem Mann war ein Ungeheuer. Es war sogar noch größer als der Mann.

Crisdean bekam es mit der Angst zu tun. So ein Ungeheuer hatte er in seinem Leben noch nicht gesehen. Nicht in der Wirklichkeit, nur in seinen Gedanken.

„Sei nicht aufgeregt, mein Junge. Bist schon recht unruhig, nicht wahr? Du brauchst keine Angst zu haben, ich bin ja bei dir", versuchte Albiona Crisdean zu beruhigen.

Crisdean gab keine Antwort. Er beobachtete nur den Mann und das Ungeheuer, die allmählich näherkamen.

„Hör nicht auf die anderen. Mir kannst du vertrauen. Und natürlich Mylady."

„Und Herrn Forsyth?", fragte Crisdean mit zittriger Stimme.

„Dem natürlich auch, mein Junge", versicherte Albiona begütigend. Sie schaute Crisdean von der Seite an und bat ihn stehen zu bleiben. Indem sie einmal um ihn herumging, musterte sie ihn gründlich, zupfte noch hie und da an seiner Kleidung, um sodann mit einem fast unmerklichen Nicken des Kopfes die Fortsetzung ihres gemeinsamen Weges zu beschließen.

In der hell erleuchteten Eingangshalle stand das Ungeheuer jetzt hinter dem Mann. Aus dem weit aufgerissenen Maul ragten vier lange, scharfe Eckzähne, eine Pranke war erhoben.

Albiona gab sich unterwürfig. „Herr Forsyth, ich bringe Ihnen den neuen Gärtner. Frisch gebadet und mit sauberer Kleidung, so wie Ihr es gewünscht habt."

Herr Forsyth trat einen Schritt auf die beiden zu. Ohne eine Miene zu verziehen musterte er Crisdean. Er war vornehm und zugleich streng gekleidet, der

Rücken auf das Äußerste durchgedrückt, mit einem Höchstmaß an Spannung des gesamten Körpers.

„Nun", begann er zäh, „wie lautet dein Name?" Seine Stimme klang unangenehm metallisch.

„Ich... ich heiße Sutherland. Crisdean Sutherland. Aus Aviemore", antwortete Crisdean nervös.

„Danach hatte ich dich nicht gefragt", konterte der Butler streng. „Achte in diesem Haus darauf, immer nur auf das zu antworten, was du gefragt worden bist."

„Ja... ja, Herr Forsyth", stotterte Crisdean. Sein Blick ging immer wieder an dem ihn nach wie vor scharf musternden Butler vorbei auf das Ungeheuer in dessen Rücken. Herr Forsyth bemerkte das. Er folgte Crisdeans Blick, indem er sich langsam umdrehte. Dann lachte er kühl auf.

„So etwas hast du noch nicht gesehen, stimmt's?" Crisdean nickte eifrig.

„Und du willst bestimmt wissen, was da vor dir steht, richtig, Sutherland?"

„Ja, Herr Forsyth."

„Dann will ich es dir sagen."

Forsyth wandte sich dem Ungeheuer zu und legte eine Hand auf die mit braunem Fell überzogene Tatze, die nicht erhoben war. „Das", begann er bedeutungsvoll, „das ist ein Ukumar. Ein Affenwesen, das Sir McClayton, als er der Armee unserer Majestät in der königlichen Kolonie Britisch-Guayana dienen durfte, bei einem seiner zahlreichen Jagdausflüge zur Strecke gebracht hat. Du kannst an seiner Größe ermessen, welch große Tat Sir McClayton damit vollbracht hat."

Crisdean versuchte sich den Kampf des Sir McClayton mit dem Ukumar und dessen Tod vorzustellen. Es gelang ihm aber nicht, weil er Sir McClayton nicht kannte und ihm nicht begreiflich war, wie ein solches Ungetüm von Menschenhand gerichtet werden konnte.

Der Butler wandte sich von dem ausgestopften Ukumar ab und wieder Crisdean zu. Streng blickte er ihn an.

„Ich hoffe du bist dir der Bedeutung deiner Anstellung bewusst, junger Sutherland. Es ist eine große Ehre, in diesem ruhmreichen Haus arbeiten zu dürfen. Mache deinem Clan also keine Schande", sagte er mit religiösem Ernst. „Deine Aufgaben sind viel an der Zahl, das eine Mal den Körper sehr herausfordernd, das andere Mal deinen Geist beanspruchend, vielleicht auch manches Mal eintönig. Und wenn du dich irgendwann einmal fragen solltest, ob das, was dir gerade aufgetragen wurde, wirklich etwas mit dem Grund für deine Anwesenheit in diesem Haus zu tun hat, dann vergiss eines nie: Deine Bestimmung hier ist allein der Herrin, Lady Caerlion McClayton, zu dienen und ihre Wünsche mit deinen handwerklichen Fähigkeiten zu erfüllen. Denke immer daran, dass das Gewächshaus die große Leidenschaft von Mylady ist. Wenn du dort sorgsam und gewissenhaft arbeitest, stellst du die Herrin sehr zufrieden und machst zugleich deinem Clan alle Ehre."

Der Butler zeigte zu der breiten Treppe, die in das höhere Stockwerk führte.

„Ich werde dich nun zu Lady McClayton bringen. Albiona, warte, bis ich wieder zurück bin."

„Sehr wohl, Herr Forsyth." Sie schaute Crisdean an. In ihrem Blick lag etwas Frohes, aber auch etwas Besorgtes. „Ich wünsche dir alles Gute, Crisdean", gab sie ihm mit auf den Weg. Dann wies Herr Forsyth ihm die Richtung und sie gingen zu zweit zu der Treppe, während Albiona zurückblieb.

Am Ende der Treppe richtete ein älterer Mann in althergebrachter schottischer Kleidung triumphierend seinen Blick in die Ferne. Als könnte der Butler Gedanken lesen, erklärte er: „Das ist Sir McClayton. Er ist nach einer schweren Krankheit von uns gegangen. Sein Tod hat das Leben der Mylady sehr verändert", stellte er fest. Daraus zog er den für Crisdean bestimmten Schluss: „Achte darauf, die Herrin nicht auf ihren verstorbenen Mann anzusprechen. Dies wäre nicht hinzunehmen und würde Folgen für dich haben."

Am Ende der Treppe führten nach links und nach rechts Flure ab. Herr Forsyth entschied sich für den linken Gang und geleitete Crisdean bis etwa zur Mitte des Korridors. Dort bedeutete er ihm zu warten und trat an eine große Tür, an die er zugleich deutlich und respektvoll klopfte. Danach trat der Butler einen Schritt zurück und wartete auf eine Reaktion.

Es tat sich nichts, weder wurde die Tür geöffnet noch war aus dem dahinter gelegenen Raum etwas zu hören, das auf eine Erlaubnis zum Eintreten schließen ließ. Ungerührt nahm der Butler das Verstreichen weiterer Zeit hin, bevor er einen zweiten Versuch unternahm, mit seinem Klopfen eine Reaktion zu bewirken. Doch blieb ihm auch dieses Mal der Erfolg versagt.

„Warte hier und rühr dich nicht von der Stelle", verfügte er ohne Zögern. Er ging den Weg zurück an der Treppe vorbei in die rechte Seite des Korridors und verschwand aus dem Blickfeld Crisdeans, als er sich erneut nach rechts begab.

✠✠✠✠✠✠✠✠✠✠✠✠✠✠

VII.

Crisdean hielt sich nicht an die Mahnung des Butlers. Nachdem einige Zeit vergangen war, ohne dass dieser zurückkehrte, begann er auf dem linksseitigen Gang in Richtung eines eher kleinen Fensters an dessen Ende zu schlendern. Zu beiden Seiten des Korridors existierten große Türen. Diese waren geschlossen, bis auf eine, die sich schon fast am Ende des Gangs auf der linken Seite befand. Ein schwacher Lichtschein fiel länglich aus dem Türspalt auf den Boden des Flurs.

Als Crisdean nähertrat, hörte er einzelne Schritte und etwas, das nach dem Plätschern von Wasser klang. Als er noch nähertrat, konnte er durch den Türspalt in den Raum blicken. Er sah einen wohlgeformten nackten Frauenrücken, der sich aus dem leicht dampfenden Wasser einer Badewanne erhob. Wassertropfen perlten von dem nassen Oberkörper bis zum Gesäß und den Oberschenkeln der Frau hinab zurück ins Wasser. Ihr braunes Haar war am Hinterkopf zu einem Knoten hochgesteckt, einzelne Haar kräuselten sich widerspenstig am Nacken. Die

Arme der Frau hingen entspannt am Oberkörper herab. Auch von den reglosen Fingerkuppen fielen Wassertropfen zurück in die Wanne.

In dieser Position verharrte die Frau eine Zeitlang, und Crisdean gelang es nicht, seine Augen von ihr abzuwenden. Zu gern hätte er sie von vorne gesehen und versuchte, sie sich so vorzustellen, als er feststellte, dass es dazu nicht kommen würde. Denn jemand näherte sich im Zimmer der Frau und bedeckte deren Rücken mit einem großen Handtuch, das sanft über den Oberkörper der Badenden glitt.

Als Crisdean wie ertappt einen Schritt zurücktrat, war er entdeckt. Zwei Hände erfassten kraftvoll seinen Oberarm und zogen ihn energisch von dem Türspalt weg. So wurde er einige Meter fortgezogen, hin zur großen Treppe. Trotz seiner Überraschung blieb Crisdean still, denn er wusste, dass er etwas Unrechtes getan hatte.

In sicherer Entfernung zu der Badestube regte sich die aufgebrachte Stimme Albionas. „Was denkst du dir dabei, du dummer Kerl?", hob sie an und versetzte Crisdean eine schallende Ohrfeige. „Bist grade ein paar Stunden hier und schleichst schon durch die Räume wie ein Sittenstrolch aus Inverness. Schäm dich! Wenn der Butler dich erwischt hätt, wärst deine Anstellung gleich wieder los. Und Hiebe auf den Po würdest noch umsonst dazubekommen, und zwar nicht zu wenige, du!"

Verlegen blickte Crisdean auf den Boden. Er vermochte Albiona nicht in die Augen zu schauen. Stumm nahm er ihren Groll entgegen.

Als sie damit fertig war, ließ sie ihn los. „Bist ein braver Junge, das seh ich ja. Deswegen werd ich's auch nicht dem Herrn Forsyth sagen. Sie ist halt eine schöne Frau. Aber versprich mir, dass du das nie wieder machst. Versprochen?"

„Versprochen", druckste Crsidean kleinlaut.

„Schau mich dabei an, sonst zählt's nicht." Albiona fasste Crsideans Kinn und hob es an.

„Versprochen."

„So gilt's. Und jetzt komm mit. Wir schauen, wo der Herr Forsyth ist."

Auf dem Weg in das nächsthöhere Stockwerk trafen sie den Butler. Missbilligend blickte er auf Albiona und Crisdean, brachte aber seinen Missmut über die gleich zweifache Missachtung seiner Anordnungen nicht weiter zum Ausdruck.

„Mylady wird dich später empfangen. Also gedulde dich etwas, Sutherland. Folge mir derweil, dann klären wir zuvor einige Regularien von Bedeutung. Und du, Albiona, gehst zurück an deinen Platz. Für heute hast du deine Aufgaben erfüllt", stellte Herr Forsyth streng fest.

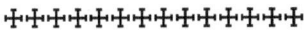

VIII.

Dieses Mal erklang eine Stimme, als der Butler an die Tür auf der linken Seite in der Mitte des linken Korridors im ersten Stockwerk pochte. Es war die Stimme einer Frau, und sie bat darum einzutreten.

Herr Forsyth öffnete die Tür und trat vor Crisdean ein.

Der errötete. Er erkannte, dass es die Frau aus der Badestube war, die ihn nun in einem hochgeschlossenen, dunkelgrauen Kleid würdevoll empfing. Den Haarknoten trug sie immer noch. Sie mochte im mittleren Alter sein und hatte ein gleichmäßiges Gesicht.

„Mylady, dies ist der junge Sutherland, Vorname Crisdean, aus Aviemore. Er ist wegen der Anstellung als Gärtner hier", verkündete der Butler.

Lady McClayton ließ ihren Blick auf Crisdean ruhen. Dieser schaute mit roten Wangen zu Boden.

„Na, du bist ja ein ganz Schüchterner, Crisdean Sutherland", stellte Lady McClayton mit einer Geste der Überlegenheit fest. An den Butler gewandt verfügte sie: „Gilbride, Sie können gehen."

„Sehr wohl, Mylady." Er deutete eine Verbeugung in Richtung seiner Herrin an und verließ den Raum, indem er die Tür schloss.

„Nimm doch Platz, junger Sutherland", forderte ihn Lady McClayton auf und wies auf einen gepolsterten Stuhl vor dem breiten Schreibtisch, hinter dem sie saß.

Crisdean setzte sich unsicher. Er wich nach wie vor den Blicken der Mylady aus.

„Wie kommt es, dass ein junger Bursche aus Aviemore hier oben nach Arbeit sucht?", fragte sie ruhig.

„Weil es in Aviemore keine Arbeit gibt, von der man leben kann", antwortete Crisdean auf den Boden blickend.

„Musst du Frau und Kinder versorgen?", wollte Lady McClayton wissen.

„Nein. Ohne Geld werde ich Frau und Kind nicht haben."

Lady McClayton nickte wissend. „Deine Verwandten haben dir ein gutes Leumundszeugnis ausgestellt. Nur deswegen bist du hier. Es war besser als das all der anderen. Das solltest du wissen. Enttäusche sie nicht."

„Nein, werde ich nicht tun."

„Was hat man dir gesagt, was du hier arbeiten sollst?"

„Ich soll mich vor allem um Ihr Gewächshaus kümmern, so viel weiß ich. Mehr nicht."

„Sicher weißt du schon, dass mir das Gewächshaus besonders viel bedeutet. Es ist ein lebendiges Andenken an meinen verstorbenen Mann. Die Pflanzen darin stammen aus den Kolonien des Empires in Südamerika. Sie sind das Klima hier nicht gewohnt und bedürfen daher besonderer Pflege, verstehst du?"

„Ja, Mylady", antwortete Crisdean brav.

„Gut. Ich werde dir morgen alles zeigen und erklären." Lady McClayton machte eine Pause. „Was hat man dir von mir erzählt?", fragte sie dann unvermittelt.

Crisdean stutzte. Er wusste nicht, was er darauf antworten durfte.

„Sir McClayton ist nach einer schweren Krankheit von uns gegangen. Sein Tod hat das Leben der Mylady sehr verändert. Sprich die Herrin nicht auf ihren verstorbenen Mann an. Dies wäre nicht hinzunehmen und würde Folgen haben", ahmte Lady McClayton den Butler in Stimmlage und Wortwahl überraschend treffend nach.

Crisdean musste unweigerlich schmunzeln. Und auch der ernste Ausdruck in Lady McClaytons Gesicht hellte sich für einen Moment auf.

„Na siehst du, kannst es ja doch", stellte sie zufrieden fest. „Ich habe schon geglaubt, dass du ein Miesepeter bist." Dann wurde sie wieder ernst. „Wie ich schon sagte, morgen werde ich dir alles zeigen. Für heute soll es genug sein. Ich sehe ja, dass du ganz müde bist. Komm, ich begleite dich zur Tür."

Geschmeidig erhob sich Lady McClayton aus ihrem Sessel und stand schon neben Crisdean, noch bevor sich dieser erhoben hatte. Sie öffnete ihm sogar die Tür und wies ihm mit einer freundlichen Geste den Weg nach draußen.

„Sei morgen um neun in der Eingangshalle. Ich werde dich erwarten."

Dann trat Crisdean wortlos und verdutzt aus der Tür, die sich sogleich wieder hinter ihm schloss.

„Folge mir, ich bringe dich zu deiner Schlafstatt", ertönte in Crisdeans Rücken die Stimme des Butlers. Er stand in dem Korridor, als hätte er auf Crisdean gewartet.

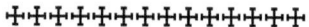

IX.

Die Nacht in seinem Kämmerchen war unruhig für Crisdean. Er wälzte sich in dem harten Bett angestrengt hin und her und träumte quälend unsinniges Zeug. In all dem tauchte immer wieder Lady

McClayton auf. Das wusste Crisdean im Traum, ohne sie darin zu sehen.

Irgendwann wurde es schließlich so arg, dass er erwachte. Nur eineinhalb Armlängen entfernt von ihm grunzte sich der Stallknecht durch den Schlaf. Crisdean stand auf und ging zu einem der beiden Fensterchen in dem kalten Kabäuschen. Er blickte hinaus und fragte sich, wohin er gerade schaute. In der Dunkelheit der Nacht ließ sich nichts erkennen.

Crisdean stand eine Weile an dem niedrigen Fenster. Da meinte er in dem schwarzen Nichts einen schwachen Lichtschein zu erkennen. Als er genauer hinblickte, glaubte er, dass der grünlich schimmerte. Er flackerte auch ein wenig. Crisdean entschied sich, den dünnen Schein im Auge zu behalten. Vor dem Fensterchen kniete er sich auf den harten Boden und presste seine Hände an die kalte Scheibe des Fensters. Das grüne Lichtlein wurde von Mal zu Mal größer, vielleicht kam es näher. Dann verschwand es.

Crisdean erhielt einen unsanften Tritt in den Rücken.

„Hey, wach auf, du Schlafmütze!", polterte es.

Es dämmerte in dem Kämmerchen. Als Crisdean sich ächzend umwandte, stand hinter ihm Caimheul in Stiefeln und blickte höhnisch-missbilligend auf ihn hinunter.

„Was machst denn am Boden? Hast doch ein Bett, du!"

Crisdeans Rücken schmerzte. Er wusste gar nicht, wie ihm geschehen war. Das grüne Lichtlein fiel ihm wieder ein und er schaute aus dem Fensterchen.

Aber es war nicht zu sehen, wohl auch, weil es schon zu hell war.

„Komm, steh auf! Verschläfst ja noch den ganzen Tag! Fängst doch heute erst richtig an!", dröhnte Caimheul.

Crisdean sah das ein, nickte dem Stallknecht zu, damit er endlich Ruhe gab, und mühte sich vom Boden hoch. Er wusch sich, bekam von der mürrischen Aileen ein wenig Brot und Kaffee zum Frühstück, während die umtriebige Deirdre um ihn herum scharwenzelte, in der Hoffnung, beim Abräumen des Geschirrs eine beliebige Belanglosigkeit von dem Neuankömmling zu erfahren, und begab sich dann zur fast vollen neunten Stunde in die Eingangshalle.

Dort erwartete ihn Lady McClayton. Sie begrüßte ihn und forderte sogleich zum Gang zum Gewächshaus auf. Dies liege auf der anderen Seite des Anwesens, nicht direkt am Herrenhaus, unterrichtete sie Crisdean.

Gemeinsam durchschritten sie die Eingangshalle und gelangten zu einer Tür, die sich auf der von dem offiziellen Eingang abgewandten Seite des Gebäudes befand. Lady McClayton schritt voran und öffnete sie. Crisdean bemerkte sogleich einen gläsernen Bau mit einem abgerundeten, kuppelartigen Dach. Die Konstruktion war wohl etwa 75 Schritte entfernt. Sie hatte immense Ausmaße und mochte mehr als 50 Schritte lang, vielleicht 40 Schritte breit und an der höchsten Stelle des Dachs ungefähr 30 Schritte hoch sein. Bereits von Weitem waren große grüne Schatten innerhalb des Treibhauses zu erkennen.

„Sieh es dir aus der Ferne an, wie es majestätisch inmitten dieser schroffen Landschaft liegt, unbezwungen." Lady McClayton hielt inne und zeigte gebieterisch auf den riesigen Glasbau. Dann ging sie weiter, ein paar Stufen einer schmalen Treppe hinab, bis sie auf einen anfangs mit Kieselsteinen ausgelegten Weg gelangte, der aber bald in einen matschigen Pfad mündete.

Sie trug ein vornehmes langes Kleid, dazu fein bestickte Stiefelletten mit hoher Schnürung. Ihre Bekleidung blieb trotz der widrigen Umstände unbefleckt.

Als sie näher an das Gewächshaus gelangten, tauchten, erst jetzt erkennbar, dahinter ein kleiner Nadelwald und eine Schonung auf. Auch dorthin führte ein schmutziges Weglein.

Dann öffnete Lady McClayton die verschlossene Tür mit ihrem Schlüssel. Fast unhörbar ging sie auf und Lady McClayton trat ein. Crisdean hingegen blieb auf der Schwelle stehen. Schwül-heiße Luft drängte sich mit einem Schlag aus dem Treibhaus. Ein strenger, fast beißender Geruch lag zudem darin.

„Das geht allen so", erklärte Lady McClayton. „Du musst dich erst daran gewöhnen. Du kennst weder dieses Klima noch hast du vermutlich jemals solche Pflanzen gesehen."

Crisdean brauchte einige Augenblicke, bevor er sich dazu entschloss einzutreten. Dann betrat er eine andere Welt. Diese Welt war grün, saftig-grün, dunkel-grün, gift-grün, gelb-grün mit unzähligen blauen, roten, gelben, rosa- und lilafarbenen sowie braunen Tupfern. Blätter in allen denkbaren Formen und Größen krochen am Boden, hingen in Brust- und Kopfhöhe oder thronten weit über den Häuptern der beiden Menschen. Die Pflanzen selbst hatten ebenso unterschiedliche Gestalten wie die Blätter. Es gab sogar Gewächse, die gar keine Blätter besaßen, sondern nur Stacheln. So etwas hatte Crisdean in seinem Leben noch nicht gesehen.

Die Pflanzen waren nicht allein in dem Gewächshaus. Neben ihnen gab es noch eine weitere Gattung an Dingen, die den riesigen Raum dominierte: Es waren große mechanische Gerätschaften, drei an jeder Längsseite, jeweils zwei an den Kopfseiten. Sie bestanden aus schwerem Eisen und erfüllten unterschiedliche Zwecke. Die Hitze, wie Crisdean jetzt feststellte, wurde von insgesamt zehn übergroßen Öfen erzeugt. Sie waren mindestens fünf- bis sechsmal so groß wie ein herkömmlicher Holzofen, wurden aber ebenfalls mit Holz befeuert. Was sie noch von einem gewöhnlichen Ofen unterschied, war, dass an allen vier Seiten der quadratischen Öfen am Boden mehrere Schritte große Metallbleche angebracht waren.

Alle zehn Öfen waren in Betrieb. Die Flammen loderten wild. Aus den Metallblechen stieg Dampf auf, ebenso von den Öfen selbst. Neben diesen waren Kurbeln angebracht, die über einen schwenkbaren Metallrahmen mit dem Boden verankert waren. An den Kurbelwicklern waren jeweils starke, schon rostige Eisenketten befestigt. An deren oberem Ende thronten direkt über den Öfen enorm große Metallblöcke, die über eine Art Gießvorrichtung verfügten. Daraus tröpfelte unentwegt Wasser auf die Öfen.

Es zischte, wenn das Wasser auf das heiße Gusseisen der Öfen traf und sogleich verdampfte. Das Wasser, das sich nicht sofort in Dampf auflöste, lief an den Wänden der Öfen herab. Es landete in den erhitzten Blechen an den vier Seiten der Öfen und verdampfte schließlich dort.

Dieses unentwegte Zischen und Dampfen erinnerte Crisdean an Dampfrösser, von denen er nicht nur gehört, sondern die er sogar selbst schon einmal gesehen hatte.

Neben einem Gewächs mit orange-roter Blüte blieb Crisdean stehen.

„Das ist ein *Broussonetia papyrifera*, ein Papiermaulbeerbaum", erklärte Lady McClayton.

„P a p i e r... m a u l... b e e r... b a u m", sprach Crisdean nach.

„Ein schwieriger Name, ich weiß. Aber die lateinischen Bezeichnungen sind noch schwieriger. Weißt du, warum es Papiermaulbeerbaum heißt?", fragte Lady McClayton.

Crisdean zuckte mit den Achseln.

„Du brauchst nur ihre Frucht zu fühlen, dann weißt du es." Sanft zog sie Crisdeans Hand eine Frucht der Pflanze, die sich tatsächlich wie Papier anfühlte.

„Er kommt aus Birma, einer Kolonie in Südostasien. Freunde haben ihn uns mitgebracht. Oder schau hier drüben." Lady McClayton führte Crisdean weiter zu einem Gewächs, dessen gelbe Blüten, mit dem Boden nach unten hängend, aus roten Kelchen ragten und weit über Crisdeans Kopf schwebten. „Das ist *Abutilon megapotamicum* oder, wie sie hier genannt wird, eine Schönmalve. Sie stammt aus unseren Kolonien in Südamerika."

So ging es eine ganze Weile weiter: Lady McClayton zeigte und erklärte und Crisdean hörte staunend zu. Sie hatten fast das gesamte Gewächshaus mit seinen tropischen Pflanzen und den kochenden Öfen durchschritten, da blieb Lady McClayton stehen. Vor ihnen lag ein Bereich des Treibhauses, durch den sie bisher noch nicht gegangen waren. Palmenartige Gewächse schufen Schatten und Dämmerung.

„Du hast jetzt all das gesehen, worum du dich zu kümmern hast. Dieser Bereich dort drüben ist nicht für dich bestimmt. Halte dich von ihm fern, er geht nur mich etwas an", verfügte sie in strengem Ton. „Alle sechs Stunden, zur vollen sechsten, zur vollen zwölften, zur vollen sechsten und zur vollen zwölften Stunde sind die Wasserquader aufzufüllen. Die Pflanzen müssen trotzdem von dir noch gegossen werden. Halte sie frei von Unkraut und Schädlingen. Du wirst regelmäßig Holz im Wald hacken müssen. Kümmere dich auch um ihn und die Schonung, sie sind unentbehrlich für dieses Gewächshaus."

Lady McClayton erklärte Crisdean danach einige Dinge, überreichte ihm einen Schlüssel und verließ dann mit der Aufforderung, er sei nun ausreichend instruiert und möge jetzt mit seiner Arbeit beginnen, das Treibhaus. Ihre Haare wellten sich ein wenig von der heiß-feuchten Luft, doch Schweißperlen waren auf ihrem Gesicht nicht zu sehen. Crisdean hingegen war vom Schweiß durchnässt, noch bevor er nur einen Finger gekrümmt hatte.

‡‡‡‡‡‡‡‡‡‡‡‡‡‡‡

X.

Erschöpft legte sich Crisdean kurz nach Beginn der ersten Stunde des neuen Tages auf seine Schlafstatt. Wie erschlagen von all den Tätigkeiten des eben vergangenen Tages sank er nieder. Die Arbeit hatte ihn zermürbt. Jetzt kam lustvoll der Schlaf über ihn. Und wieder brachte dieser unruhige Träume mit sich. Dieses Mal erschienen Crisdean Pflanzen mit schwarzen Blüten, die sich um den Leib Lady McClaytons rankten. Die Herrin wehrte sich allerdings gar nicht, schien sich vielmehr mit stiller Freude dem Akt des Umgarntwerdens hinzugeben. Als sie nahezu komplett in der wuchernden Masse aus Blättern und Blüten verschwunden war – nur noch die Fingerkuppen einer Hand schauten aus dem schwarz-grünen Dickicht –, erwachte Crisdean.

Es war mitten in der Nacht. Die Zeit für seine Arbeit war noch nicht gekommen. Trotzdem stand er auf, er war mit einem Mal hellwach. In dieser Nacht schlief der Stallknecht recht friedlich. Aus seinem offenen Mund lief etwas Sabber.

Crisdean trat an das wohlbekannte Fensterchen. Als er hinausschaute, glaubte er zu wissen, in welche Richtung er blickte. Und er brauchte nicht lange, um in der tiefen Dunkelheit, die jetzt etwas weniger dunkel zu sein schien als gestern, abermals einen schwachen Lichtschein zu erkennen, der nun heller anmutete, als er noch in der vergangenen Nacht war. Schnell sah er, dass das Licht grünlich leuchtete und flackerte. Kurze Zeit behielt Crisdean den dünnen Schein im Auge. Dann entschloss er sich, die Quelle des Lichts ausfindig zu machen.

Er schlüpfte in seine Stiefel, nahm sich eine Leuchte und entschwand dem Kämmerchen, in dem er den speichelnden Caimheul dem Schlaf überließ. Draußen entzündete er seine Lampe an der brennenden Funzel im Gang und schlich sodann durch die Gänge zum Herrenhaus und dessen Eingangshalle.

Es war dunkel in dem großen Haus, alle Lichter waren erloschen. Manchmal knackte und knarzte es, wenn Crisdean an einem der nur von dem Schein seiner Laterne kurz erleuchteten Bilder vorbeilief. Ansonsten war es mucksmäuschenstill. Die Leuchte über seinen Kopf erhoben, trat er aus der Nebentür. Er beschritt den dreckigen Weg zu dem Gewächshaus und nahm immer noch den grünlichen Schein darin wahr. Der wurde immer klarer und größer. Er verschwand erst, als Crisdean das Gewächshaus erreichte und die Tür aufschloss.

Die lodernden Feuer der brennenden Öfen leuchteten in der Dunkelheit rötlich auf. Nervös wanderten Schatten über Boden, Wände und Dach des Treibhauses. Vorsichtig bewegte sich Crisdean Schritt für Schritt vorwärts. Er hielt nach links und rechts Ausschau und spähte auch länger auf mit besonders viel unruhigen Schatten überzogene Ecken des Gewächshauses. Es gab freilich nichts Fassbares, was er wahrnahm, nur Schatten und hin und wieder unklare Geräusche.

Vor ihm lag nun der durch sehr große Gewächse bei Tageslicht enorm verschattete Bereich des Treibhauses, den er bisher noch nicht betreten hatte und von dem er sich nach den eindringlichen Worten Lady McClaytons fernhalten sollte. Er hielt für einen Moment inne und begab sich sodann mit der Laterne in seiner Hand in das Dickicht unter den wuchernden Bäumen.

Dieses lichtete sich schneller, als zu erwarten war, und gab zuletzt den Blick frei auf dessen Zentrum: Crisdean sah im Schein seiner Leuchte einen vielleicht drei Meter hohen Baum, der an eine große Fruchtstaude irgendwo aus den Kolonien erinnerte. Dessen Wipfel wurden von zwei übereinanderliegenden, schirmartigen Hauben gebildet, von deren Rändern eine sämige Substanz zähflüssig auf den Boden tropfte. Zudem besaß der Baum etliche rankenähnliche, unter der Krone wachsende Blätter. Diese waren mit Dornen versehen und wohl etwa drei Schritte lang. Dem kräftigen Stamm entsprossen mehrere, mindestens ebenso lange Fühler, die sich träge zu bewegen schienen. Um den sämigen Saft um Boden scharten sich ruhelos einige gigantisch große Käfer mit langen, zum Rumpf zurückgebogenen Fühlern. Manche dieser Tiere krabbelten getrieben den Baumstamm hoch.

Crisdean schauderte und schwitzte zugleich. Das Atmen fiel ihm schwer, weil ein starker unangenehmer Geruch in der Luft lag, wie er ihn von Balfours Schlachthof in Aviemore kannte. Mit Grausen blickte er auf den Baum, und auch dieser schien auf ihn zu schauen.

So trat Crisdean ratlos zurück und machte sich auf den Rückweg. Er war noch in dem Dickicht, als er von hinten an seinen Beinen erfasst wurde. Mit

dem Kopf voran stürzte er auf den Boden und verlor
sogleich sein Bewusstsein.

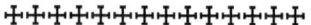

XI.

Als Crisdean das erste Mal wieder seine Augen öffnete, sah er schemenhaft eine Frauengestalt neben
sich. Sie saß auf einem Stuhl und war, den Kopf von
Crisdean abgewendet, mit etwas beschäftigt, sodass
sie nicht wahrnehmen konnte, dass er wieder zu sich
kam. Ein Geräusch, wie es tropfendes Wasser verur-
sacht, war zu hören.

Crisdean selbst befand sich in einem bequemen
weichen Bett, bis zum Kinn zugedeckt, den Kopf in
ein ausladendes Kissen gebettet. Sobald sich die
Frau ihm zuwandte, erkannte er sie. Es war Lady
McClayton, die ihm, ganz konzentriert auf ihre Auf-
gabe, einen kalten Wickel auf die Stirn legte. Indem
sie bemerkte, dass Crisdean wieder bei Bewusstsein
war, huschte ihr ein bekümmertes Lächeln über das
Gesicht.

„Sieh an, du bist erwacht. Wir fürchteten schon,
dich könnte etwas Schlimmeres ereilt haben. Aber
wie es aussieht, bist du einfach nur unglücklich gestürzt." Prüfend blickte Lady McClayton auf
Crisdean. Der errötete.

„Denk dir nichts. Es ist in diesem Haus gute Sitte,
dass sich die Hausherrin selbst um ihr Personal

kümmert, wenn es notwendig ist", erklärte sie. „Und bei dir war es notwendig."

Sie legte ihm eine Hand auf die Stirn, fühlte seine Temperatur. „Es ist alles auf dem richtigen Weg. Morgen wirst du wieder arbeiten können."

Crisdean unternahm es, sich aufzurichten und etwas zu sagen. Lady McClayton hinderte ihn zunächst daran. „Schone dich noch. Du brauchst mir nicht Rechenschaft abzugeben. Sag mir nur, ob du noch weißt, warum du gestürzt bist."

Die Augen Crisdeans begannen unruhig zu flackern. Wie konnte er Lady McClayton davon erzählen, dass er da gestürzt war, wo er gar nicht hätte sein dürfen? Er druckste herum und stammelte etwas davon, sich daran nicht mehr genau erinnern zu können, etwas habe ihn festgehalten.

Lady McClayton ließ ihren Blick auf Crisdean ruhen, so als wartete sie auf weitere Worte des jungen Mannes. Aber der wusste sich nicht anders zu behelfen als zu schweigen. Dessen ungeachtet musterte Lady McClayton ihn immer noch stumm. Als Crisdean glaubte, die Stille nicht mehr aushalten zu können und die Herrin danach fragen zu müssen, wie es überhaupt dazu gekommen sei, dass man ihn gefunden habe, kam Lady McClayton ihm zuvor: „Du brauchst mir nichts vorzumachen. Ich weiß, warum du so verstockt bist wie ein Backfisch."

Crisdean errötete aufs Neue. Da beugte sich Lady McClayton so nah zu ihm, wie sie ihm noch nicht gewesen war, und strich ihm langsam mit der Hand über seine Wange, um sie dann auf seiner Brust ruhen zu lassen. Ihre Lippen wanderten nun dicht an sein Ohr, und sie flüsterte: „Deine Gedanken sind die eines Narren. Aber Narrenmund tut Wahrheit kund. Komm heute Nacht mit Beginn der ersten Stunde in das Gewächshaus. Dort wird sich alles aufklären. Ich erwarte dich."

Abermals streichelte Lady McClayton Crisdean die Wange, bevor sie aufstand und nunmehr halblaut verkündete: „Heute brauchst du nicht mehr zu arbeiten. Tritt morgen zur vollen sechsten Stunde deinen Dienst wieder an." Dann verließ sie den Raum und gab vor der Tür Albiona Anweisungen, die mit Crisdean zu tun hatten.

✠•✠•✠•✠•✠•✠•✠•✠•✠•✠•✠•✠•✠•✠

XII.

Während des restlichen Tages, den Crisdean ohne Beschäftigung verbrachte, vermochte er keinen klaren Gedanken mehr zu fassen. Er war nicht bei der Sache, wusste nicht, was das alles bedeuten sollte, und musste ständig an Lady McClayton denken. Das bevorstehende Treffen mit ihr ängstigte ihn gleichermaßen, wie er es herbeisehnte.

Den Tag durfte er in seinem Krankenzimmer verbringen. Das war eigentlich ein Zimmer, in dem angesehene Gäste der Hausherrin beherbergt wurden. Die Luft darin war abgestanden, als hätte es schon seit Längerem keinen Besuch mehr hier gegeben. Lady McClayton bekam Crisdean im Laufe des Tages nicht mehr zu Gesicht. Albiona war die einzige Person, die ihm noch bis zur Nachtstunde begegnete.

Sie besorgte Crisdean „auf Anordnung der Mylady", wie sie hervorhob, frische Kleidung und bereitete ihm ein Mittagessen, wie Crisdean es sein ganzes Leben lang noch nicht hatte kosten dürfen. Und es war ihm sogar erlaubt, so viel von Vorspeise, Hauptgang und Nachtisch zu essen, wie er nur wollte. Das war so ein Hochgenuss, dass er selbst Lady McClayton in dieser Zeit der Schlemmerei für einige Augenblicke aus seinen Gedanken verlor.

Währenddessen kümmerte sich Albiona um ihn, wie es eine Mutter nicht anders getan hätte. Hin und wieder verdunkelte freilich ein mütterlich-sorgenvoller Blick ihr Gesicht, und allein dieser Umstand trübte die Gaumenfreuden Crisdeans.

Obwohl Crisdean an sich müde war, fand er mit seinen unruhigen Gedanken keinen Schlaf mehr. Kurz nach Beginn der ersten Stunde des neuen Tages machte er sich dann mit Herzklopfen auf den Weg in das Gewächshaus. Wieder konnte er den grünlichen Lichtschein sehen, der erlosch, kurz bevor er das Treibhaus betrat.

An der Tür empfing ihn Lady McClayton, noch in unmittelbarer Bewegung begriffen. Sie trug ein schwarzes Kleid, das ihr etwas Feierliches und Zeremonielles verlieh. Mit ernstem Blick nahm sie Crisdean an die Hand. Gemessenen Schrittes führte sie ihn zu dem Bereich, den Crisdean nach ihrem Willen nie hätte betreten dürfen. Jetzt sollte er sich ein zweites Mal innerhalb nur eines Tages dort hinbegeben. Wortlos wandelte das Paar durch das große Treibhaus. Vor dem auch jetzt verschatteten Bereich des Gewächshauses blieb Lady McClayton stehen. Sie fasste auch die zweite Hand Crisdeans und schaute ihn eindringlich an.

„Es wird sich alles auflösen, du musst mir nur vertrauen. Tust du das?" Sie zog Crisdean näher zu sich. Ihre kühlen Lippen standen kurz davor die seinen, bebend vor sehnsuchtsvoller Erwartung, zu berühren. „Tust du das?", hauchte sie abermals.

„Ja", entrang sich Crisdean.

„Gut", antwortete Lady McClayton kühl und trat einen Schritt zurück, indem sie Crisdeans Hände losließ. „Dann folge mir."

Lady McClayton betrat als erste das Dickicht unter den wuchernden Bäumen, Crisdean kam unsicher nach. Gemeinsam gingen sie auf die Mitte zu, in der nach wie vor der an eine große Fruchtstaude erinnernde Baum mit dem Haubenwipfel und den rankenartigen Blättern stand. Die dem Stamm entsprießenden Fühler wogten träge hin und her. Die enorm großen Käfer wimmelten erneut am Fuße des Baumes oder liefen ungeordnet dessen Stamm hinauf. Nur der unangenehme Schlachthofgeruch lag nicht mehr in der schwülen Luft.

Sanft umfing Lady McClayton Crisdean, indem sie ihre Hände auf seinen Hüften ruhen ließ. Crisdean stand rücklings zu dem Baum in der Mitte. Seine Aufmerksamkeit war ausschließlich auf Lady McClayton gerichtet. Langsam glitten ihre Lippen auf seine und berührten sie zärtlich und verlangend. Dann zog Lady McClayton ihren Kopf zurück. Sie wischte sich eine Strähne aus dem Gesicht.

„Vertraust du mir immer noch?", hauchte sie.

Crisdean nickte heftig.

Seine Herrin hielt jetzt ein Stück schwarzen Tuchs in Händen. Sie verband damit wortlos die Augen Crisdeans und zog zuletzt den Knoten mit ruhiger Hand straff. „Vertrau mir", beteuerte sie erneut und blieb vor Crisdean stehen. „Du wirst alles verstehen."

Crisdean konnte nichts mehr sehen. Der Stoff vor seinen Augen verströmte den starken Geruch Lady McClaytons. Es war, als würde er die Herrin selbst spüren. Nach wenigen Augenblicken fühlte er ein verführerisches Streicheln an seinen Beinen, erst an dem linken, dann an dem rechten. Einfühlsam bewegte es sich langsam und dadurch umso intensiver an seinen Beinen hinauf zu der Mitte seines Körpers, in der es kurz innehielt. Crisdean wollte es mit seinen Händen fühlen. Doch als er sie bewegte, wies ihn Lady McClayton sogleich mit der trockenen Aufforderung „Lass deine Hände" zurück. Dann begab sich das Tasten sachte über Kreuz hinauf zu seinem Oberkörper und von dort aus um seine Arme, seinen Hals und zuletzt sein Gesicht. Von Verlangen überwältigt spürte Crisdean eine Lust nicht gekannten Ausmaßes.

Nur allmählich mischte sich darin aufkommender Schmerz. Das Lustvolle an den immer intensiveren Berührungen wich nun langsam einem zunehmend unangenehmen Druck, zuerst an seinen Beinen, dann am Rumpf und schließlich an Armen, Hals und Gesicht. Dieser Druck schmerzte. Erst nach und nach wuchs in Crisdean die Erkenntnis, dass es unmöglich Lady McClayton sein konnte, die ihn derart berührte.

Er wollte sich den Stoff von den Augen reißen, doch waren seine Arme inzwischen wie verschnürt und ließen sich kaum noch bewegen. Und auf jede heftige Bewegung folgte ein noch heftigeres Zuschnüren. Große Angst kam in Crisdean auf. Er atmete hastig. Als er sich trotz allem weiter wehrte, bohrten sich unzählige scharfe Nadeln an seinem gesamten Körper durch die Haut. Gleichzeitig setzten sich Saugnäpfe auf seine nackte Haut, die bei jeder noch so geringen Bewegung Fetzen aus ihr rissen. Die Schmerzen waren für Crisdean nicht zu ertragen. Qualvoll schrie er sein Leid heraus. Derweil er sich weiter seinem Schicksal entgegenstemmte, fuhr schließlich eine Ranke zwischen seine Lippen und drang schmerzhaft in den Mund ein. Crisdean spürte, wie sie darin eine zähflüssige Substanz absonderte und sich dann langsam wieder zurückzog. Darauf ließen seine Kräfte schnell nach. Er war nun wie betäubt, aber noch bei vollem Bewusstsein.

Etwas anderes kam noch hinzu und umwickelte ihn vollständig. Es hob ihn empor. Dabei verrutschte der Stoff vor seinen Augen. Crisdean sah für einen winzigen Augenblick unter ihm Lady McClayton. Sie stand reglos da und verfolgte seinen Untergang mit versteinerter Miene. Das war das Letzte, was Crisdean noch sehen konnte, denn dann schloss sich das riesige Blatt um ihn und zwängte ihn in grüne Dunkelheit.

Er wurde weiter emporgehoben und in das obere Ende des Baumstamms geworfen. Dessen Inneres war mit Dornen, ähnlich scharfen Zähnen, übersät. Ein jeder setzte sich in Crisdeans Körper fest. Sobald er den Stamm weiter herunterglitt, riss der obere Dorn ein Stück Fleisch aus seinem Leib, bevor sich der nachfolgende Dorn an seinem Körper zu schaffen machte.

Zugleich bewegte sich der Stamm in seinem Inneren selbst. Er verkleinerte und vergrößerte den Raum zwischen sich und Crisdean in der Art eines Schraubstocks. Dabei zermalmte er laut krachend seine Knochen, von denen der Hand bis zu seiner Wirbelsäule.

Am Fuße seines Stammes schied der Baum nach einiger Zeit schließlich einen formlosen Haufen aus gebrochenen Knochen, Knochenpulver und blutigen Fleisch- und Kleidungsresten aus. Das war alles, was noch von Crisdean Sutherland aus Aviemore übriggeblieben war. Lady McClayton musterte für einige Augenblicke finster die unförmige Masse zu ihren Füßen, bevor sie sich abwendete, um das Gewächshaus zu verlassen. Nun war es an der Zeit, dass die Käfer ihre Arbeit verrichteten. Die gestaltlose Masse sollte bald schon verschwunden sein.

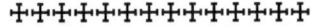

Sahne, Kekse und der letzte Menhir

Nadine Y. Kunz

Nordöstlich von Baar in der Zentralschweiz befindet sich ein markantes Hochplateau, einst ein keltischer Fürstensitz, namens Baarburg. Unterhalb der Kuppe bohrt sich das im Volksmund genannte „Erdmandli-Loch" in den Abhang: Eine 37 Meter lange Höhle, deren Wände mit geheimnisvollen, bis heute nicht entzifferten Schriftzeichen geschmückt sind. Sie ist öffentlich zugänglich und kann jederzeit besucht werden.

„... und dann, mitten in der Nacht, wenn die Bewohner tief und fest schlafen, kriechen sie aus ihrer Höhle und schleichen sich heimlich in den Stall, so leise, dass nicht mal die aufmerksame Katze sie bemerkt."

Lautlos trappelten Jonas' Finger über die pinkfarbene Bettdecke.

„Stockdunkel ist es und dennoch benötigen sie kein Licht. Als Geschöpfe der Nacht besitzen sie die Gabe, die Finsternis zu bezwingen, einen Moment lang für ihre Zwecke zu verscheuchen und jene Dinge zu sehen, welche sie tief im Herzen begehren."

Er knipste mehrmals die Nachttischlampe aus und ein. Misstrauisch zog Sofie die Decke über ihre Schultern.

„Das prächtigste Tier suchen sie sich aus – entweder die Kuh, die am meisten Milch gibt oder das Schweinchen mit dem dicksten Fett auf den Rippen. Beruhigend flüstern sie auf es ein, nähern sich in scheinbar friedlicher Absicht und streicheln es zärtlich über den Rücken. Kraulen es liebevoll hinter den Ohren."

Jonas' Hand tätschelte Sofies Kopf und fuhr ihren langen Haaren entlang.

„Hihi", kicherte sie.

„Währenddessen ziehen sie gemütlich ihre langen, spitzen Dolche aus den Gürteln. Funkelnd, glitzernd blitzen diese auf im spärlichen Sternenlicht, hereingelassen – eingeladen – durch die schmutzigen, von Spinnweben verhangenen Dachluken."

Sein rechter Zeigefinger schoss in die Höhe. Neugierig weiteten sich Sofies Augen.

„Und dann..."

„Ja?", hauchte sie.

„... schiessen die Waffen hinab auf das arme Tier..."

Schmerzvoll bohrte sich sein Zeigefinger in Sofies Bauch, während er sprach: „... und sie erstechen es. Das Blut spritzt und es verendet qualvoll quiekend."

„Uh", schrie Sofie verängstigt auf und zog sich hektisch die Decke über den Kopf. „Jonas..."

Schallend lachte er und klopfte sich begeistert auf die Oberschenkel.

„Mann, bist du ein Baby."

„Und du bist gemein. Du machst mir Angst."

„Du wolltest eine Geschichte hören."

„Nicht so eine."

„Ach, Quatsch mit Soße."

Sachte lupfte Sofie die Decke und blinzelte ihren grossen Bruder an. Sie vergötterte ihn, schaute zu ihm hoch, plapperte seine Worte und eiferte seinen Taten nach, teilte seine Interessen, abgesehen von seinem schrägen Hang zu gruseligen Gutenachtgeschichten. Diese mochte sie überhaupt nicht. Lieber hätte sie heute Abend mehr von Prinzessin Lillifee und Pupsi, ihrem fliegenden Schweinchen, erfahren oder von Barbies süssem Einhorn Lila.

„Das erzähl ich Mama und Papa."

„Nö, tust du nicht."

„Doch."

„Nö. Sonst lassen sie uns nämlich nie mehr alleine zuhause am Abend und fertig ist's mit Popcorn essen vor dem Fernseher zu später Stunde."

Sofie überlegte angestrengt. Es hatte wirklich Spass gemacht. Sie hatten sich gegenseitig mit Puffmais beworfen, zu viel heissen Kakao getrunken und zusammen „Der kleine Vampir" angeschaut. Jonas war so lieb gewesen, das ganze Chao hinterher aufzuräumen und die Schokoladeflecken vom Sofa zu wischen.

„Hm", seufzte sie, „stimmt."

„Klar. Und weiter geht's."

„Gut, aber du piekst mich nicht mehr."

„Wenn du drauf bestehst. Hm, wo war ich? Ach, ja. Das Viech ist also mausetot und der Bauer findet es am frühen Morgen beim Füttern. Wütend tobt er, verflucht all die schrecklichen Dämonen und betet gleichzeitig zu Gott, er möge ihm gnädig sein und ein

Zeichen des rechtschaffenden Weges offenbaren. Da strahlt die Morgensonne durch eine winzige Dachluke, bündelt sein Antlitz zu einem grellen Schein und dieser prallt mit Wucht hinab, direkt in eine kleine weiße Porzellanschale, die vergessen im schmutzigen Stroh liegt. Furchtsam hebt der Bauer sie auf, betrachtet sie von allen Seiten und mit Erstaunen stellt er fest, an ihrem Grund klebt ein winziger eingetrockneter Flecken Sahne und vier Kekskrümel. An die alten Geschichten seines Großvaters erinnert er sich bei diesem Anblick und plötzlich weiss er, was zu tun ist. Seit jenem Tag gedeihen seine Felder, sein Vieh strotzt jeglichen Krankheiten und sein Hof glitzert vor Sauberkeit."

Jonas legte das Buch auf das Nachttischchen. Er hatte es nicht gebraucht, ohne es aufzuschlagen, hatte er Wort für Wort der Geschichte erzählt. Fasziniert war er von ihr, seit er das Buch „Sagen und Legenden vom Zugersee" in der Bibliothek seines Vaters entdeckt und später herausgefunden hatte, dass der Hof des Bauers sich exakt dort befunden haben musste, wo heute ihr Haus stand. Stell sich das mal einer vor: ihr eigenes Haus war über 200 Jahre alt und bildete sozusagen den Grundstein dieser Sage. Zumindest das Fundament, dieses war nach Begutachtung des hiesigen Amtes für Archäologie nämlich bedeutend älter.

„Ich verstehe nicht", grübelte Sofie „was hat er getan?"

„Ganz einfach, jeden Abend Sahne und Kekse hingestellt. Dies besänftigt die Dämonen und fügt sie in die Knechtschaft."

„Hm. Das würde mir auch gefallen, vor dem Zu-bettgehen Kekse zu naschen."

Jonas lachte. „Au ja, mir auch."

Einige Minuten alberten sie rum, kitzelten sich ge-genseitig und ihr Kichern hallte durch das leere Haus. Schliesslich deckte Jonas seine Schwester zu, drückte ihr einen flüchtigen Schmatzer auf die Wange und ging zur Tür.

„Gute Nacht."

„Das Licht, Jonas."

„Oh, vergessen, klar."

Er schnappte das Nachtlicht in Form eines Teddy-bären vom Tisch und steckte es neben der Tür ein.

„Schlaf gut."

Sofie hörte es nicht mehr, tief war ihr Geist in die Traumwelt gesunken, wo fürchterliche Ungeheuer mit süßen Einhörnern eine Kuchenschlacht veran-stalteten, inmitten einer Lichtung eines uralten Wal-des. Sofie nippte an einem heissen Kakao.

Knacken im Unterholz.

Ein seltsam gewandetes Wesen erschien neben ihr und sah sie freundlich an. Sie hielt ihm die Tasse hin und in einem Zug schletzte es den Inhalt hinunter, nahm ihre Hand und gab ihr einen kleinen, erdbrau-nen Blumentopf, in welchem ein einzelner Keimling gedieh.

Knacken im Unterholz. Trappeln auf Sand.

Im Halbdunkeln betrachtete Jonas seine Samm-lung. Ein beträchtlicher Teil davon bestand aus Bü-chern. Klassiker wie „Frankenstein" von Mary Shel-ley, „Dracula" von Bram Stoker und alte Schinken von Edgar Allan Poe und H. P. Lovecraft. Es gab einige Kings aus den Neunzigern und neuere Jahrgänge von beispielsweise Wolfgang Hohlbein, Frank Schätzing und Markus Heitz. Grusel, Mystery, Horror, Science-Fiction, Dystopien, Thriller. Bildbände von H. R. Giger, Carl-W. Röhrig und Leonardo da Vinci. Doch es waren nicht nur die Lektüren. Die Zimmerwände waren mit selbstgemalten Bildern und Filmpostern zugepflastert. Die neuste Errungenschaft – Winchester, das Haus der Verdammten – klebte an der Decke über seinem Bett und gefiel ihm momentan am besten. Schauen durfte Jonas solche Filme freilich nicht – offiziell – er war ja erst 12. In Zeiten von Netflix und Co. waren sie zahlreich verfügbar und die Elternsperre des Internetzugangs war kein Hindernis. Geschickt umging er diese und stellte sie hinterher brav wieder ein, (nach zusätzlichem Löschen des Browserverlaufs natürlich). Technik war für seine Eltern mehr als ein Fremdwort. Bei aller Liebe, diesbezüglich waren sie komplette Vollidioten, letzte Woche musste Jonas das iPhone seines Vaters zum dritten Mal vor dem Reset bewahren.

Ein Regal war vollgestopft mit DVDs und überall standen Figuren herum. Monster, Zombies, Vampire, Geister und ein paar niedliche POP!'s. Eisern vom Taschengeld zusammengespart oder geschenkt bekommen. Die meisten jedoch, hatte er selbst gebastelt. Aus LEGO, Ton, Holz, Stoffresten und/oder Haushaltsabfällen wie PET-Flaschen, Kronkorken oder Karton. Sofie hasste das Zeugs, sie fürchtete sich davor. Ihn inspirierten sie, versüssten ihm seine Träume und entführten ihn in eine andere Welt, voller Magie und Kreativität.

Vor einigen Monaten hatte er versucht selbst eigene Schauermärchen zu erfinden. Rasch fand er heraus, dass er keine Ahnung vom Schreiben hatte und zudem Null Prozent Talent besaß. Kläglich gescheitert, hatte er die paar Fetzen Papier säuberlich im Kamin verbrannt und sich wieder seinen Bastelarbeiten zugewandt. Hier war sein Herz zuhause und auch seine Begabung.

Die Taschenlampe leuchtete wild durchs Zimmer und heftete sich dann am Schreibtisch fest. Fasziniert betrachtete Jonas einen Schatten an der Wand. Ein unscharfer Körper mit nur einem Bein und Arm, ohne Kopf. Die lagen zum Trocknen daneben und würden morgen fachmännisch montiert.

Knirschend rollten Autoreifen über den Schotterweg, langsam näherkommend.

Schnell knipste Jonas die Lampe aus und zog sich die Decke über den Kopf. Lichtstrahlen schwenkten durchs Fenster. Der Motor erstarb.

Keine Gespenster mehr heute, dachte er, *sonst schimpfen die Eltern, weil ich so spät noch wach bin.*

Hungrig schaufelte Sofie die Cornflakes in ihren Mund und erzählte mampfend vom gestrigen Abend.

„Sofie", ermahnte die Mutter, „du sollst nicht essen und reden gleichzeitig."

„Mmpf, dann stellte der Bauer Sahne und Kekse hin und alles war gut. Mmpf."

„Sofie..."

„Tschuldigung. Mmpf. Darf ich noch mehr?"

Während die Mutter nachfüllte, schaute sie Jonas streng an.

„Du konntest es nicht lassen, ja?"

„Ach, Mama, sie übertreibt. Die Geschichte war harmlos."

„Nö", plapperte Sofie dazwischen, „war sie nicht. Die haben eine hübsche Kuh gekillt. So richtig mit Messern und Blut und so."

„Jonas", rief die Mutter sauer, „was habe ich dir über dieses schreckliche Zeugs gesagt? Das ist nichts für Sofie."

Grinsend senkte Jonas den Kopf und blickte verstohlen zu seinem Vater. Dieser verkniff sich ein Schmunzeln und zwinkerte ihm zu. Früher hatte er oft auf seine jüngere Schwester aufgepasst und ihr allerlei Blödsinn beigebracht.

„Da gibt's nichts zu lachen", schimpfte die Mutter. „Sofie ist zu klein für sowas. Du solltest endlich anfangen, dich für andere Sachen zu interessieren. Ohne Monster und Totenköpfe."

„Mir gefällt das."

„Wie wäre es mit Flugzeugen? Oder Panzern?"

„Oje."

„Die sind spannend. Und wir könnten zusammen viele Museen besuchen. Oder Ausstellungen, Shows und dergleichen."

„Oh scheisse."

„Jonas!"

„Tschuldigung, Mama. Ist doch wahr. Was kommt als Nächstes? Komödien und Western? Nein danke. Ist ja noch lahmer als diese Liebesschnulzen, die du dir am Freitagabend reinziehst."

„Genug", mischte sich der Vater ein. „Darum geht es gar nicht. Sondern darum, dass dieses Zeugs nicht für eine Fünfjährige geeignet ist. Du hast das zu akzeptieren. Punkt."

Gleichgültig zuckte Jonas mit den Schultern.

„Okay. Kommt nicht wieder vor."

Stille legte sich über die Küche. Geschirrklappern, Löffelkratzen, Flockenknistern. Freundlich schaute die Frühsommersonne durch ein Fenster und winzige Staubkörner tanzten in ihrem Strahl.

Mit ungewöhnlichem Bärenhunger verlangte Sofie die dritte Portion Cornflakes. Die Mutter holte eine neue Packung aus dem Vorratsschrank. Stellte sie vor Sofies Platz hin und öffnete sie.

„Was ist das?", hielt sie inne und bückte sich.

Sandkörner lagen unter Sofies Stuhl und klebten auch an ihren schmutzigen Socken.

„Ich habe dir schon hundert Mal gesagt, du sollst nicht ohne Schuhe nach draussen gehen. Sieh dir mal die Schweinerei an. Das krieg ich mit ´ner ganzen Flasche Fleckenspray nicht raus."

„Hihi", lachte Sofie und schüttelte ihre Füße. „Das war ich nicht. Das war das Monster aus dem Traum, der hat ein Haus im Sand."

Wütend blickten die Eltern zu Jonas. *Da haben wir den Salat. Dankeschön.*

„Es war ganz lieb und hat mir einen Topf geschenkt", fuhr Sofie fort. „Mit einem winzigen Baum."

„Nichts Schlimmes?", fragte die Mutter.

„Nö."

„Gott sei Dank."

„Und auch wenn es ein Alptraum gewesen wäre", sagte Jonas, „so wär's nicht meine Schuld. Das liegt an diesem Haus. An seiner mysteriösen Vergangenheit."

Die Sagen und Legenden vom Zugersee.

Mit grossen, erwartungsvollen Augen sah Sofie zu ihm.

Des Vaters Faust knallte auf den Tisch. Das Geschirr erzitterte.

„Und dir habe ich schon hundert Mal erklärt", rief er wütend, „dass es sich hierbei um ein Missverständnis handelt. Ja, es ist alt. Allerdings es kommt in keiner Sage aus irgendeinem Märchenbuch vor. Du interpretierst das völlig falsch."

„Tue ich nicht. Ausdrücklich wird unser Haus beschrieben, die Lage, das Aussehen, seine Besitzer."

„Hör mal, Jonas, ich weiss wie sehr dir das gefallen würde, so etwas mag anderen passieren, jedoch gewiss nicht uns. Belesen wie du bist – ausgeborgt aus meinem Bücherregal, ohne zu fragen – stimmst du mir zu, dass in früheren Zeiten hier zwei Gebäude gestanden haben. Eines ist bis auf die Grundmauern abgebrannt, genau dort, wo sich heute unser Wildgarten, am Hang des Hochplateaus, befindet. Und von diesem ist die Rede. Punkt."

„Bloß weil du *Punkt* sagst, heisst es noch lange nicht, du seist im Recht. Du *willst* die Wahrheit überhaupt nicht erkennen."

„Mag sein. Dein Zimmerarrest versteht es definitiv."

„Ist mir egal", rief Jonas und schmiss seinen Löffel auf den Tisch.

Abrupt stand er auf, sein Stuhl fiel um und er rannte hoch in sein Zimmer. Dumpf hallte das Türknallen durch die Holzwände. Und kurz darauf tiefe Bässe. Metallica. Wie immer, wenn er stinksauer war.

Zu den nordöstlichen Füssen des Hochplateaus, genauer gesagt auf seiner Schienbeinhöhe, befand sich eine kleine ebene Fläche. Sanft stiegen die Hänge zum Dorf hinab. Fünfzig Schritte hinter dem Haus begann der Wald, die anderen drei Seiten wurden von Wiesen mit zahllosen wohlduftenden Wildblumen und üppig bestellten Feldern und Äckern umsäumt. Die Aussicht war grandios, bis weit in die Voralpen hinein und über einen Großteil des Dorfes hinweg. Gemäß den Einwohnerzahlen war es per amtlicher Definition eigentlich eine Stadt, allerdings mochten die Bürger keine Städter sein, diese waren ihrer Meinung nach arrogant, versnobt und nicht ganz dicht. Sie waren Dörfler. Scheissegal, wie viele oder wenige Leute hier wohnten. Ein schmaler Schotterweg führte zur Hauptstrasse hinunter und auf halber Strecke stand das nächste benachbarte Gebäude. Eine kleine, schnucklige Kapelle mit einer Handvoll Sitzbänken, einem winzigen Altar und einem Miniatur-Glockenturm. Ihr Standort war es gewesen, der Jonas darauf gebracht hatte, dass ihr Haus Teil einer Sage war. *Ob dem Kirchlein zur Wiesenhalde,* hatte in dem Buch gestanden. Keine Zweifel gab es, keine Fragen, es musste so sein. Es war so. Wurscht, was sein Vater dachte oder sagte. Punkt.

Gartenarbeit machte sie gerne. Sie liebte es, mit bloßen Händen in feuchter Erde zu wühlen, Unkraut rauszureissen und dabei die ersten Wilderdbeeren zu pflücken. Schösslinge einzupflanzen und ihr Wachstum zu beobachten. Freudig zu klatschen, wenn sie gross genug waren, um geerntet zu werden. Frisch aus der Erde gebuddelte Möhren unter eiskaltem Wasser zu waschen und gleich zu verspeisen.

Heute war das Salatbeet dran. Fleissig bohrte Sofie mit ihrem Finger Löcher in die Erde, legte Samen hinein und schaufelte alles gewissenhaft wieder zu. Nebenan kümmerte sich ihre Mutter eine Reihe weiter ums Gemüse. Bohnen, Fenchel, Kartoffeln. Fröhlich sangen sie dabei alte Kinderlieder, pfiffen heiter und kicherten geheimnisvoll.

„Ich mag nicht mehr", sagte Sofie nach einer Weile.

„Danke, mein Schatz", lachte ihre Mutter, „das hast du großartig gemacht. Geh, wasch dir die Hände und zieh was anderes an."

„Ja, ich geh Jonas nerven."

Hüpfend sprang sie davon und verschwand im Haus.

Seufzend blickte die Mutter ihr hinterher. Überlegte sich kurz, ob es nicht vielleicht besser gewesen wäre, die Kinder in kleinerem Abstand zu bekommen. Sie zofften sich oft, stritten um belanglose Kleinigkeiten und verpetzten einander gegenseitig. Anderseits benahm sich Jonas meistens sehr verantwortungsvoll, passte gerne auf seine Schwester auf und begleitete sie jeden Morgen in den Kindergarten. Und hatte ihr sogar das ABC beigebracht. Keiner in ihrer Klasse konnte bereits lesen und die Lehrerin war sehr stolz auf Sofie. *Ach, Jonas mit seinen Monstern. Reiner Graus, kompletter Schwachsinn.*

Sie seufzte erneut. Hoffte still, er möge sich endlich vernünftigeren Dingen zuwenden. Nach den Sommerferien würde er ins Gymnasium eintreten und dort gab es sicherlich keinen Platz für

Schauermärchen, Gespenster und dergleichen. *Verdammtes Dreckszeugs.*

Nicht abgeschlossen. Seltsam. Er sperrte immer ab, wenn er sauer war. Sofie schlüpfte ins Zimmer und blickte sich um. Er war nicht da. Metallicas „Nothing else matters" lief im Repeat-Modus.

„Jonas?"

Sie blickte unters Bett, in den Kleiderschrank und hinter die Tür.

Wo war er bloß?

„Mama? Mama! Der Jonas ist…"

Oh, nein, du Dummkopf. Nicht die Mama rufen, sonst bekommt er wieder Ärger.

Hastig rannte Sofie durch das Haus, blickte in Räume und Schränke.

Er war nicht da.

„Abgehauen… Wie Tom Sawyer."

Die tolle Abenteuergeschichte, die Jonas ihr vor einigen Wochen vorgelesen hatte.

Ich bin Huckleberry Finn und muss ihn suchen, äh, finden.

Aus ihrem Zimmer schnappte sie sich ihre „Überlebenstasche". Darin befand sich ein Fernrohr aus Plastik aus einem Micky Maus Heft, ein stumpfes Taschenmesser (eine heimliche Leihgabe von Jonas), eine verbeulte SIGG-Flasche und eine Packung Gummibärchen. Bestens gerüstet für allerlei Notfälle. Wahre Konkurrenz zu MacGyver und Indiana Jones.

Ungesehen durch den Hinterausgang in der Küche raus. Hinter das Haus. In den Wildgarten. Dort spielten sie oft zusammen. Stellten sich vor, sie wären Schatzsucher und buddelten stundenlang in der

Erde rum. Bogen Haselnussdickichte zur Seite und entdeckten dahinter mächtig bewaffnete Burgen oder mit Schätzen überfüllte Räuberhöhlen. Höher als Sofie waren die Gräser hier, verwucherte Hecken und abgestorbene Kirschbäume überall. Dornenbewachsene Brombeergestrüppe und Klettpflanzen.

Jonas war nicht hier.

Hilflos blickte sich Sofie um.

Dann sah sie es.

Kaum zu erkennen war der Trampelpfad, den Jonas vor einigen Tagen entdeckt hatte. Direkt von ihrem Wildgarten in den Wald hinein führte er. Unter einem Strauch hatte er gesessen und Süssigkeiten verdrückt. Seine Mutter mochte es nicht, wenn er sein Taschengeld für ungesundes Zuckerzeugs ausgab, das war für sie noch schlimmer, als Geld in gute Horrorbücher zu investieren. Die letzte Gummischlange fiel ihm herunter und als er sich danach bückte, erblickte er eine Lücke, die ihm vorher nie aufgefallen war. Neugierig folgte er dem Pfad, hatte sich dabei drei Zecken und vier Kratzer zugezogen und gelangte schließlich zu einer Höhle. Niedrig war sie und seltsame Zeichen waren an ihre Wände gekritzelt. Zigarettenkippen, zerdepperte Bierflaschen und sonstiger Abfall lagen herum. In einer Nische gar ein gebrauchtes Kondom. Er beachtete es nicht weiter, er wusste sehr wohl, wie die Dinger funktionierten – der Praxistest mit einer Banane während der Sexualkundestunde kam ihm in den Sinn – und für welche Zwecke sie gedacht waren. Klar, er spielte nachts auch seinem Ding rum, wie alle anderen Jungs in seinem Alter, die dazugehörigen

weiterführenden Gedanken interessierten ihn – noch
– nicht wirklich.

Ohne Taschenlampe traute er sich nicht weiter als
die ersten zwei Meter hinein. Wie groß sie wohl war?

Heute hatte er Licht mitgebracht. Und wegen den
Zecken lange Hosen angezogen und die Beinenden
sorgfältig in die Socken gestopft. Auf übertragbare
Krankheiten der Biester verzichtete er gerne.

Scheiße, dachten die echt, er würde den ganzen
Samstag in seinem Zimmer hocken? Wegen einem
blöden, beschissenen Alptraum? Wussten die nicht,
wie wertvoll die freien Tage eines Teenagers waren?
Ein Heiligtum für sich. Zeit zum Pennen, Entdecken,
Forschen.

„Ich muss aufpassen, dass ich vor dem Mittagessen wieder zuhause bin", murmelte er.

All seinen Mut zusammenfassend knipste er die
Lampe an und schritt in die dunkle Höhle hinein.

„Hier haben wir einen Schuhabdruck", meinte Sofie zu ihrem inneren Indiana Jones. „Eindeutig von
Jonas. Ein Beweis, dass wir auf der richtigen Spur
sind."

Tiefer und tiefer schritt sie in den Wald hinein.
Achtete nicht auf die Umgebung. Hatte bald keine
Ahnung mehr, wo sie sich befand. Starr gebannt
folgte sie dem Trampelpfad.

Je tiefer hinein, desto weniger Unrat. Nicht jeder
war so klug, eine Lichtquelle mitzubringen. Mit den
Fingerspitzen fuhr Jonas über die unbekannten
Schriftzeichen an den Wänden. Malte sie Strich für
Strich nach. Grübelte über ihre Herkunft, ihren Sinn,

Zweck und über ihre Bedeutung. Wer hatte sie ein-
gemeißelt? Wann? Wieso?

Hinter ihm wurde das Tageslicht kleiner und kleiner. Bald wurde er von der Finsternis verschluckt.
Ängstlich klammerte er sich an seine Lampe und
hoffte, die Batterien würden nicht schlapp machen.
Idiot, hättest du doch Neue eingesetzt.

„Oh", entfuhr es Sofie, als sie das Ende des Weges
erreichte und die Öffnung entdeckte.

„Uh..."

Fraglos blickte sie sich umher und realisierte
schlagartig, dass sie sich verlaufen hatte.

Sie wirbelte auf dem Absatz herum.

Weg. Verschwunden war der Pfad.

„Jonas?"

Schwach drang eine dünne Stimme an sein Ohr.
Verwirrt, verängstigt fuchtelte er mit der Funzel umher.

„Verdammt, was..."

Dröhnend hallte seine eigene Stimme durch die
Höhle. Hart an die Wände schlagend und laut zu-
rückprallend, dem Geschoss eines Gewehres gleich.

Ehrfürchtig stellten sie ihn ans Ende. Zeit spielte
keine Rolle. Endlos konnte sie sich im Kreis der
Sonne drehen. Gezeitenbahnen ohne Bedeutung,
Jahreszeitenwechsel ohne Bemerken. Zu lange schon
ersehnten sie jenen schicksalskräftigen Tag, jene
Stunde, jene Minute, die ihnen zurückbringen
würde, was ihnen gehörte, seit Anbeginn des letzten
Zeitalters. Magie   erfüllte   ihre   Herzen   und

sehnsüchtig erinnerten sie sich an jenen Moment, als sie die Schriftzeichen in den blanken Stein gemeißelt hatten.

Langsam tappte Jonas zurück. Schritt für Schritt vergrößerte sich der Lichtfleck.

Blinzelnd trat er aus dem Eingang und überrascht erblickte er Sofie.

„Was zum Henker..."

„Jonas..."

Stürmisch stürzte sie auf ihn und umarmte ihn überglücklich. Drückte ihn fest an sich. Sie zitterte. Angst wich Freudentaumel.

„Was machst du denn hier?", fragte Jonas verblüfft.

„Du warst nicht in deinem Zimmer, darum habe ich dich gesucht."

„Bist du mir gefolgt?"

„Nein."

„Ach was."

„Nein, wirklich nicht."

„Wehe, du sagst es Mama und Papa. Ich werde dir nie wieder eine Geschichte vorlesen."

„Tu ich nicht. Versprochen."

Sofie hielt ihm den kleinen Finger hin. Rasch hakte er ein und schüttelte ihn drei Mal.

„Der Weg ist verschwunden", flüsterte Sofie.

„Iwo, da ist er."

Jonas zeigte hinter sie und sie schaute kurz um.

„Seltsam, er war weg."

Ob er Sofie in die Höhle mitnehmen sollte? Nee, keine gute Idee. Die olle Plapperliese würde solch ein Geheimnis keine fünf Sekunden für sich bewahren können. Falls die Batterie schlapp machen würde, müsste er sie schreiend, weinend und komplett verstört aus der Dunkelheit schleppen. Genau in solchen Momenten stolperten die Leute in den Filmen, schlugen sich die Knie auf, verloren ihre Waffen und die Monster kamen hämisch grinsend und händereibend näher. Der Horror wäre perfekt. Und Jonas' nächste Wochen mit Zimmerarrest vorprogrammiert.

„Komm", meinte er, „wir gehen nach Hause."

Sie nickte fröhlich. Ihr Blick fiel auf den Eingang.

„Was ist das?"

„Nach was sieht's denn aus? Eine Höhle, was sonst."

„Ist was drin?"

„Keine Ahnung, ich bin nicht weit gekommen."

„Also, da kriegen mich keine zehn Pferde rein."

„Besser so", lachte Jonas herzlich, „die würden sich eh nur den Kopf an der niedrigen Decke stoßen."

Sie stimmte mit ein.

Hand in Hand traten der mutige Sawyer und die tapfere Finn kichernd den Rückweg an.

Abrupt endete der Pfad und sie standen wieder in ihrer Räuberhöhle im Wildgarten. Etwas hatte sich verändert. Bedächtig schaute sich Jonas um. Es dauerte ein Weilchen, bis er es herausgefunden hatte. Ringsum bildeten Haselnuss,- Beeren- und Wildrosenhecken ein undurchdringliches Gestrüpp, mit der Aussenwelt nur verbunden durch einen tief am Boden liegenden, schmalen Durchgang – dem „Schlauch", wie die Kinder es nannten. In regelmäßigem Abstand ragten vier Steinsäulen empor. Knapp einen halben Meter hoch waren sie, moosbewachsen und grob behauen. Zwischen zwei Pfeilern klaffte eine Lücke, genau dort, wo sich der „Schlauch" befand. Einer schien zu fehlen.

Waren sie schon immer hier gewesen? Angestrengt dachte Jonas nach. Er wusste es nicht. Vielleicht hatte er sie beim Spielen übersehen, sie wohnten ja auch erst ein paar Monate hier.

Aufgeregt lief Sofie zum Ausgang. In einer flachen Kuhle lag ein kleiner brauner Blumentopf mit einem Schössling.

„Der sieht aus, wie aus meinem Traum", jauchzte sie begeistert und hob ihn hoch. Wiegte ihn in den Handflächen.

„Ich bin mir ganz, ganz sicher. Wie ist der hierhergekommen?"

„Keine Ahnung", sagte Jonas und sah sich fassungslos um.

Der Augenblick nahte, rascher und rascher. Schwach flackerte das erste Schriftzeichen in der Dunkelheit auf, sein Glimmern sprang wie ein Funke von Symbol zu Symbol und bald durchdrang ein heller, bläulicher Nebel die gesamte Höhle.

Waffengeklirr erklang, fern und aus der Zeit verbannt vor vielen Erdumläufen. Schreie mischten sich kaum hörbar darunter, mal hoch, mal tief, alsbald verstummend, tot, nie wiederkehrend ihr hübscher Klang, wie wenn einst sie lieblich sangen die Hohelieder des Volkes. Rote Adlerbanner warfen unheilschwangere Schatten auf blühende Gärten und fruchtbare Felder. Beißender Rauch kringelte von lodernden Häusern empor, sich langsam zu finsteren Wolkentürmen vereinend. Knackend und tosend zerbarsten Holzbalken, krachten aufeinander und begruben manch Lebewesen unter sich – Aschegrab, immerdar, bis die Zeit nagend, gierig fressend das letzte Körnchen verschluckt hatte.

Strenge Taue aus Weidenbast schnürten sich um den Hals der Steinsäulen, drückten ihnen die Kehle zu, zischend und gurgelnd rangen sie um ihren letzten Atemzug; sie pressten sich um ihre Bäuche, zerquetschten ihre Eingeweide und ließen ihre Organe platzen. Vier starke Schlachtrösser wurden benötigt, sie ihren Wurzeln zu entreißen, lieblos, herzlos – aufbäumende Seelen, eine nach der anderen aus dem Leben gezogen und zerstückelt; hilflos, schutzlos im aufkeimenden Nordwind verblassend, verschwindend, auflösend.

Gnadenlos war der Krieg des Volkes des Südens über sie hinweggefegt. Nicht nur über sie, auch über all ihre Verwandten nördlich der Alpen. Einzelne konnten entfliehen, ohne jemals die Kraft gehabt zu haben, die sterblichen Überreste ihrer Liebsten begraben zu können. Zu viele Leiber, zu viele Brandruinen, zu wenig Hände, um die Schaufeln zu halten.

Ehrfürchtig drängelten sie sich in der Höhle um den Ältesten. Ein Dutzend, zwölf, von einst Hunderten, ein kümmerlicher Rest – verdammt, von nun an auf ewig im Schatten zu hausen, die Nacht ihren Tag zu nennen und niedere Dienste zu verrichten. Hoch hielten sie die goldenen Tranlampen und beobachteten still, wie der Älteste die Schriftzeichen in die Steinwände meißelte.

„Fünf sterben im Winter. Fünf erblühen im Sommer. Alt die kalte Nacht, neu der warme Tag. Und siegreich kehren wir heim. In unser Seelenheim, immerfort, mit glühenden Herzen."

Kaum er den letzten Hammerschlag tätigte und dann die Symbole in Worte fasste, laut hallte seine Stimme die Höhle hinaus, über den Abhang und über die umliegenden Felder, war der Älteste tot umgefallen.

Keine Prophezeiung war es, nein, eine Hoffnung, eine Zukunft. Ein Wegweiser des Schicksals.

Glück gehabt, die Mutter hantierte in der Küche mit Töpfen und Jonas konnte unbemerkt in sein Zimmer schleichen. Sofie hatte er nicht aufhalten können, sie war schnurstracks mit dem Blumentopf zu ihr gerannt und hatte sie über ihr neustes Abenteuer vollgelabbert. Immerhin, zu Jonas' Gunsten – bestimmt biss sie sich dabei fast die Zunge ab – erwähnte sie seinen unerlaubten Ausflug zur Höhle nicht.

Die Mutter konnte sich die Sache mit dem Pott nicht erklären. Heimlich schob sie Jonas einen Streich in die Schuhe und dachte darüber nach, wieso er so etwas tat.

Silbermatt schien der schwache Mond und neonorange der Teddy in der Steckdose neben der Tür. Zusammen beleuchteten sie den Blumentopf auf Sofies Fensterbrett. Sorgsam hatte sie ihn gewässert, mit dem Pflänzchen liebevoll gesprochen und seine winzigen Blättchen zärtlich gestreichelt, bevor sie ins Bett gegangen war.

Stunden später schreckte sie aus einem albernen Traum hervor.

„Einer fehlt", hallte die gehaltvolle Stimme in ihrem Kopf. „Der letzte Menhir."

„Wo ist er denn?", flüsterte sie und wunderte sich gleichzeitig über ihre Worte. *Wer war wo?*

Verloren waren die Illusionen aus ihrem Unterbewusstsein. Trügerisch gaukelten sie eine abstruse Welt vor, nur um sie Sekunden danach ins Nichts des Vergessens zu verdammen.

Kühl fühlten sich Sofies Füße an. Sie richtete sich auf und stellte fest, sie hatte die Decke weggestrampelt.

Funkelndes Glitzern.

Dicke Sandkörner lagen vereinzelt auf dem Laken am Fußende des Bettes.

Gedankenverloren wischte Sofie sie zu Boden. *Habe ich die aus dem Wald mitgebracht?*

Einem Lichtblitz gleich schoss ihr ein Gedanke durch den Kopf.

Aufgebracht eilte sie in die Küche. Hob klappernd Gefäße aus einem Schrank.

Still beobachteten sie das Vorgehen. Schlichen ums Haus, horchten, lauerten, kundschafteten und warteten.

Zufriedenheit strahlte schliesslich von ihren ernsthaften, beinahe versteinerten Gesichtern.

Sahne und Kekse.

Ordentlich in Schüsselchen gefüllt und auf der Außenseite von Sofies Zimmerfenster platziert.

Raunen, Jauchzen. Stimmengewirr.

„Seht."

„Wohlgesinnt der Gestirne Umlauf."

„Nicht umsonst sind die Runen erwacht."

„Niemals sie Lüge tragen."

„Sehet, ihr armseligen Diener, wie die erlösende Dämmerung endlich das ewige Schwarz der Nacht durchdringt."

„Gedenket unseres Ahnherrn, dem Ältesten. Weisester von allen."

„Wahrhaftig."

Dicht gedrängt standen sie in der Nähe des Wildgartens beieinander und stierten nach oben in den ersten Stock, zu den feierlichen Gaben.

„Welch Freude, nach so langer Zeit. Wie lange ist's her? Hundert, zweihundert Jahre?"

„Seid still", gebot eine tiefe, feste Stimme.

Sie gehörte Egwald, dem Anführer. Sofort verklang das Gemurmel.

„Des Rätsels Lösung rückt näher", fuhr er fort, „und geschickt müssen wir sein, die Zeichen der Gelegenheit, der einmaligen Chance, richtig zu deuten und zu nutzen. Nicht verantworten will ich es, unsere Bürde der nächsten oder übernächsten Generation zu übertragen, sollten wir versagen."

Zustimmendes Nicken. Weise war auch er, Nachkomme des Ältesten. Zweifelsohne würde er ihr Schicksal besiegeln, eine auf der Kante rotierende Münze, ungewiss, auf welcher Seite sie zu Fall kommen würde.

„Lasset uns zur Tat schreiten", rief Follaton. „Genug des Wartens und Darbens."

„Ja."

„Auf."

Bewegung ruckte durch die Menge.

„Mein Sohn, der Seuche Ende folget nicht ob einem einzelnen Heiltrank", sprach Egwald. „Ungeduld brachte uns einst diese elende Verderbnis, diese üble Seelenkrankheit, welche am Ende zur Abschlachtung unseres Volkes führte. Unter dem Schutze des Adlerbanners glaubten wir uns, arg getäuscht von unseren Verbündeten und hintergangen von unseren Menschenfreunden."

Seine geballte Faust schoss in die Höhe.

„Hört, mein Volk, auf meinen Tod schwöre ich euch, die Prophezeiung zu erfüllen und uns vom Joch der Sklaverei der Finsternis zu befreien."

Flüstern. Nicken. Zustimmen.

„Verzeih", verbeugte sich Follaton ehrfürchtig.

„Kommt näher und hört meinen Plan", erklärte Egwald und scharte den kümmerlichen Rest seiner Leute um sich.

Vogelgezwitscher weckte Sofie auf. Früh am Morgen war es und die anderen schliefen. Aufgeregt und gespannt rannte sie zum Fenster. Ihre Geschenke waren angenommen worden. Wenige Krümel lagen auf dem Sims verstreut und ein eingetrockneter Sahnefleck klebte am Grund der Schüssel.

„Juhu. Toll."

Führe uns zum Stein.
„Ich weiss nicht, wo der sein soll."
Wir brauchen ihn.
„Wozu?"
Unwichtig.
„Finde ich gar nicht."
Lass dich unsere Hoffnung sein.
„Das verstehe ich nicht."
Unwichtig. Führe uns zum Stein.

„Wo soll ich anfangen zu suchen?"

Forsche in deinem Herzen.

„Hm."

Raschelnd wurden die Äste zur Seite geschoben und Jonas trat in die Räuberhöhle.

„Mit wem sprichst du?", fragte er und blickte sich um.

„Egwald."

Er hockte sich zu Sofie auf den Boden. Langsam drehte sie den Blumentopf in ihren Händen. Der Sämling schien gewachsen zu sein, Jonas könnte schwören, er hätte ein Blättchen mehr als am Vorabend.

„Und wer ist das?"

„Mein neuer Freund. Er ist ein Erdmann."

„Aha."

Super, nun kommt sie in die Phase mit den unsichtbaren Freunden, dachte Jonas und stupste sie an die Schulter.

„Ist er nett?"

„Sehr."

„Okay", erhob er sich wieder, „will ich euch nicht weiter stören."

„Tust du nicht. Er sucht einen Stein. Einen ganz besonderen."

„Wozu?"

„Hm."

Zu bunt, zu kindisch war dies Jonas und rasch zwängte er sich durch den „Schlauch" nach Draußen.

„Ich helfe euch", hörte er Sofie sagen.

Oh je, das wird dauern. Scheiße, als ob ich Bock hätte auf den imaginären Quatsch.

Die Figur war fertig. Stolz betrachtete Jonas den Erdmann von allen Seiten und stellte ihn dann vorsichtig auf den Ehrenplatz, auf das Schränkchen neben seinem Bett, direkt unter die Lampe mit Farbwechseleffekt. Hierhin kam jede Figur, bevor sie irgendwann von einem anderen Neuling auf das Büchergestell, das Fenstersims oder weiß der Geier wohin verbannt wurde.

Langeweile kam in ihm hoch. Sollte er zu Sofie zurückkehren und mit dem unsichtbaren Egwald Steine suchen oder eine neue Bastelarbeit beginnen? Ein dritter Zombie wäre nicht schlecht oder ein zweiter Fenris. Oder sollte er sich endlich an einen Kodama, einen japanischen Waldgeist, wagen?

Waldgeist.

Wald.

Egwald.

Seltsamer Name. Passte überhaupt nicht zu Sofies kuschelrosaroter Fantasie. Bei ihr mussten die Puppen Barbie heißen, die Kätzchen Mitzi und die Stofftiere Teddy.

Egwald. Sucht einen Stein.

Wo hatte er den verflixten Namen schon einmal gehört?

Stein.

Aufgebracht lief Jonas in seinem Zimmer auf und ab. Durchsuchte sein Gehirn nach einem Anhaltspunkt, jene Verbindung von Erinnerungen, Wörtern, Gerüchen oder Gefühlen, welche ein scharfes Bild entstehen ließen.

Einen ganz besonderen.

„Ja...“, rief er schlagartig und rannte hinaus.

Im Mietvertrag des Hauses gab es eine ungewöhnliche, interessante Klausel. Sie verpflichtete die Bewohner, für die Pflege und den Unterhalt der kleinen Kapelle zu sorgen. Freilich mussten sie keine grösseren Umbau- oder Restaurationsarbeiten aus eigener Tasche stemmen, dafür war die hiesige Korporation – die Eigentümerschaft – verantwortlich. Oft wurde die Kapelle zu Festzwecken vermietet, meistens Hochzeiten oder Taufen, und an jedem ersten Sonntag eines Monats fand eine kurze Frühmesse statt. In der Adventszeit säumten Lichter den Zugangsweg und das Gebäude wurde hübsch herausgeputzt und dekoriert, edle Krippenspiele ausgelegt und Weihnachtssingen durchgeführt.

Jonas' Vater war nicht religiös. Für ihn zählten Moral und Ethik, unabhängig eines Gottes, egal welchen Namens und welcher Herkunft. Pflichten und Treue, Ehrlichkeit und Aufrichtigkeit, ohne sinnlose theologische Verknüpfungen. Vielleicht hielt er sich gerade deswegen so gerne im winzigen Gotteshaus auf, kehrte pfeifend den Staub zusammen, putze singend die Buntgläser und tauschte ehrfürchtig die abgebrannten Stummel gegen neue Kerzen aus.

Zwei ältere Damen verließen gerade das Gebäude. Sie kamen jeden Sonntagmorgen, knieten sich für einige Minuten hin, murmelten versöhnliche Gebete für ihre verstorbenen Ehemänner und warfen ein paar Münzen in den Opferstock. Jonas' Vater winkte ihnen fröhlich hinterher und zog an den Pforten.

„Warte", rief Jonas schnaufend und rannte beinahe in eine der Damen.

„Tschuldigung."

Kopfschüttelnd und abschätzig begafften sie ihn und zogen wortlos ihrer Wege.

„Willst du beten?", feixte sein Vater. „Bisschen spät, nicht? Obwohl... Du scheinst es eilig und somit dringend nötig zu haben."

„Ach, Papa, Bockmist."

Schallend lachten beide.

„Ich... Äh... Ich wollte..."

„Ja?"

„Hast du dieses alte Altartuch noch? Welches du wegwerfen wolltest? Ich könnte es gut für meinen Kodama gebrauchen."

„Für was?"

„Den Kodama. Das ist ein japanischer Waldgeist, der erstmals 712 in den Kojiki-Schriften von einem Geschichtsschreiber namens..."

„Gut, gut", winkte der Vater ab. Historische Fakten, dazu aus fernen Ländern, zählten nicht zu seiner Leidenschaft. „Du kannst es haben."

Er ging zum Altar. Dahinter stand eine alte Holztruhe, die er öffnete und zu suchen begann.

„Ich hab's genau hier... Nein..."

Jonas hörte nicht zu. Das Tuch interessierte ihn kein bisschen. Rasch trat er in die Mitte des Raumes und schaute sich prüfend um.

Es war nicht mehr hier.

Mist.

„Sag mal, hast du umgehängt?", wollte er so belanglos wissen, wie er in seiner Aufregung konnte.

„Was?"

„Die Bilder."

„War Zeit. Und die beiden Damen mochten eines ganz besonders nicht. Schlechtes Karma verbreite es.

Du weisst sicher welches. Zig Male haben sie den früheren Pächter gebeten es abzuhängen, aber stur wie der Alte war, tat er es nicht. Liebte das Teil wohl innig."

Nuscheln in der Truhe. Fladernder Stoff, klapperndes Holz, klirrendes Glas.

„Und wo ist es?"

Stirnrunzelnd blickte der Vater zu Jonas.

„War ja klar, dass es dir gefällt."

„Och, bitte."

Der Vater wandte sich wieder der Kiste zu. Kurz darauf hielt er ein verblichenes, ausgefranstes Tuch hoch und schwenkte es siegreich.

„Gefunden."

Jonas trat zu ihm und nahm es in die Hand.

„Super. Passt perfekt. Dankeschön."

Schwungvoll klappte der Deckel auf den Kasten. Der Vater richtete sich auf und klopfte Jonas auf die Schultern.

„Willst du das Gemälde sehen?"

Verdammt, einzig darum bin ich hier, dachte Jonas und sagte gleichgültig: „Klar, gerne."

„So pack mit an."

Zusammen schoben sie das Taufbecken zur Seite. Darunter kam eine dünne Steinplatte mit einem Eisenring zum Vorschein. Sie hoben sie hoch und Jonas staunte, als er Stufen entdeckte.

„Eine Krypta! Wow..."

„Behalte es für dich. Des Wirtes Geheimnisse sind die seinigen, keines anderen."

Jonas hielt ihm den kleinen Finger hin und grinsend hakte der Vater ein.

Zögernd tapste Jonas in die Dunkelheit hinunter. Sein alter Herr war vorausgegangen und nach einigen Sekunden flackerten vereinzelte, nackte Glühbirnen auf. Spärlich beleuchteten sie das Gewölbe und warfen unheimliche Schatten an die Wände. Uraltes, mörtelloses Mauerwerk aus aufgeschichteten und unregelmässig geformten Steinbrocken. Der Boden aus gestampftem Lehm war uneben. Kühl war es. Abgestandener Erdgeruch, feuchter Fels, modriges Holz.

„Fass bitte nichts an", ermahnte der Vater. „Die elektrischen Leitungen sind uralt, stellenweise sind sie nur noch mit Grünspan überzogene Kupferdrähte ohne Ummantelung. Ich möchte nicht, dass du einen Schlag bekommst."

„Okay."

„Nach dem Sommerurlaub möchte ich sie erneuern. Sofern die Geizhälse der Korporation endlich die Kohle dafür rausrücken. Hab bestimmt schon vier Mal bei denen gebettelt, sie sehen die Notwendigkeit natürlich nicht ein. Oben, haben sie zu mir gesagt, die Besucher seien oben und dort solle es hübsch sein. Knallköpfe."

Jonas grinste. Die kannten die Hartnäckigkeit seines Vaters nicht. Er würde nicht lockerlassen, bis er hier unten eine komplette Discobeleuchtung installieren konnte.

Neugierig blickte Jonas sich um.

Einige Kisten standen in einer Ecke, in einer anderen befand sich ein Lagergestell, vollgestopft mit Kerzenständern, Kerzen, Öllampen, zerfledderten Gebetsbänden, herrenlosen Bekleidungsstücken und Weihnachtsdekorationen. Säuberlich aneinander gestapelt lehnten die Gemälde an einer Wand. Das Objekt seiner Begierde entdeckte er in der hintersten Reihe.

„Wer bist *du* denn?"

„Ich bin Follaton, Sohn von Egwald, dem Enkel des Ältesten."

„Der ist weg. Gerade eben."

„Ich weiss."

Sofie guckte den kleinen Mann schief an.

„Ich wollte mit dir allein sprechen."

„Egwald ist sehr nett."

„Fürwahr", lächelte das Männchen und setzte sich neben sie. „Unser Bester ist er."

Sofie kicherte. Sie mochte diese altertümliche Sprache.

„Hat er dir erzählt, wonach unsere Herzen sich sehnen? Der Stein."

Sie nickte.

„Gut. Weisst du, wo er ist?"

Sie schüttelte den Kopf und flüsterte: „Nein."

Follatons Schultern sanken herunter. Traurig blickte er das Mädchen an und eine Träne kullerte über seine raue Wange.

„Nicht weinen."

Sie tätschelte mitleidvoll seinen Arm.

„Ach, Sofie... Mein Gram kennt kein Ende. Ohne diesen Stein wird mein Volk nimmermehr Glückseligkeit erfahren."

„Ich hab' dem Egwald versprochen euch zu helfen. Und das werde ich auch."

Follaton richtete sich auf.

„Die anderen glauben es nicht."

„Welche anderen?"

Er griff nach ihrer Hand.

„Wärest du bereit, vor ihnen deinen Schwur zu wiederholen? Wärest du mutig genug, die Zeichen in deine Seele zu lassen, um den verborgenen Ort zu finden? Egwald traut dir dies nämlich nicht zu. Nicht für Menschenaugen seien sie und unsägliches Unglück bringen würde es, sie jemals in ihrer vollen Pracht einem der eurigen zu zeigen."

Nur die Hälfte verstand Sofie. Genau genommen nur die Worte „mutig" und „finden".

„Tom Sawyer und Huckleberry Finn sind mutig. Und gut im Finden. Ich auch", sagte sie.

„So folge mir."

Follaton sprang auf und quetschte sich aus der Räuberhöhle. Den unheimlichen, von Gier zerfressenen Glanz in seinen Augen hatte sie nicht bemerkt.

Unbekannt war der Künstler. Man munkelte, er sei ein Augenzeuge gewesen.

Uneins waren sich die Forscher ebenso über das Datum der Geschehnisse. Keine Aufzeichnungen in den Stadtarchiven, keine Schriften in privaten Gemächern gab es. Nur mündlich überlieferte Gerüchte und Schauermärchen, die Alten im Seniorenheim erzählten sie gerne ihren zu Besuch kommenden Enkeln, und keine von denen hatte es in die „Sagen und Legenden vom Zugersee" geschafft. 300 Jahre konnte es her sein, genauso gut auch 500. Niemand konnte es mit Gewissheit bestimmen. Dito die Ursache der Katastrophe. Einmal war es ein Feuer, ein anderes Mal ein Erdbeben. Zahlreiche Kriege herrschten zu alten Zeiten und wer weiss, vielleicht wurde sie einfach nur geschleift oder von einem armen Bauern zertrümmert, um den Schutt für den Bau einer lausigen Hütte zu verwenden. Bewiesen war lediglich, dass an Stelle der heutigen Kapelle einst eine andere gestanden hatte.

Vorsichtig holte Jonas' Vater das Gemälde und hielt es unters Licht. Jonas trat näher.

Da war er.

Egwald.

Im Stil der Renaissance war es gehalten. Mittig die Ruinen des Gotteshäuschens, Rauchkringel tänzelten aus zerfallenem Mauerwerk, ohne lodernde Feuerschwaden; staubige Wolken umgaben kaum sichtbar das rechteckige Fundament, dunkle Wolken bedeckten den Himmel und hüllten die Szenerie in eine düstere, unheilschwangere Stimmung. Ringsum standen Gestalten, gewandet in altertümliche Kleidung, die Hände verzweifelt in die Höhe ringend. Hilflos blickten sie in den Schutt. Die Frauen weinten und die Kinder klammerten sich ängstlich an ihre Rockzipfel. Neben den Männern lagen Schaufeln, Wassereimer und Spitzhacken im versengten, staubbedeckten Gras. Im Hintergrund, in der rechten oberen Ecke, war Jonas' Haus gut erkennbar und einige Meter dahinter das Nachbarshaus. Jenes, welches Jahrzehnte später Opfer einer Feuersbrunst werden sollte und wo später ein Wildgarten mit der Räuberhöhle erblühen würde. Winzig klein, verschwommen gemalt, waren daneben zwei aufrechtstehende Steinstelen und drei Löcher in der Erde erkennbar, kreisförmig angerichtet.

Jonas trat noch näher, berührte mit dem Zeigefinger den vergoldeten, edel geschnitzten Holzrahmen.

Eine Figur hob sich von den anderen ab. Seltsame Kleidung trug sie und war von kleinerer Statur. Ein Kind, würde man auf den ersten Blick vermuten, doch die Gesichtszüge waren wettergegerbt und von einer Härte, wie sie nur ein Alter an den Tag legen konnte, der schon zu viel Unrechtes, Übles und Trauriges erlebt hatte. Das Männchen guckte als Einziger nicht zur Ruine, sondern ging von ihr weg. Lächelte zufrieden. Einen langen, rechteckigen Stein trug er in seinen starken Armen.

Jonas beugte sich vor.

Kaum erkennbar waren die Zeichen, verfasst in einer mittelalterlichen Handschrift. *Egwalds Stein.* Gefolgt von einem unbekannten Symbol.

Erschrocken trat Jonas einen Schritt zurück.

Schlechtes Karma, widerhallten die Stimmen der beiden alten Damen in seinem Verstand, *es bringt Unglück.*

Wild pochte sein Herz. Dicker wurde der Kloß in seinem Hals, hinderte ihm am Schlucken, am Sprechen. Stickiger als vorhin erschien ihm plötzlich die Luft und schneller flackerten die alten Glühlampen.

Egwalds Stein.

Ein ganz besonderer.

Fünf an der Zahl.

Vier in der Räuberhöhle.

Einer fehlt.

Der letzte Menhir.

Angstschweiss kroch über seinen Körper. Kribbeln, unheilvoll.

Sofie.

Er musste sofort zu ihr.

Verblüfft schaute sein Vater ihm hinterher, als er wie von einem Wespenschwarm gestochen aufzuckte und davonbrauste.

Blaue Lichter zuckten. Bohrten ihren Atem in Sofies Seele.

Grimmige Gesichter. Tödlicher Augenglanz.

Dunkelheit.

Finsternis.

Wieder Lichter, warm und hell. Tröstend hauchten sie Liebe in Sofies Herz. Erfüllt von purer Energie und einer nie dagewesenen Leidenschaft.

„Fluch über dich", brüllte eine wütende Stimme. „Nur die Unsrigen dürfen sie sehen. Oh, weh... Oh, wehe uns allen."

„Genug der Bitterkeit, wartend in kalten Nächten."

„Kein Recht hattest du."

„Wer sonst? Da du deiner Stellung anscheinend nicht mehr länger würdig bist."

„Follaton!"

„Siehe zu Vater. Und lerne. Nur ein Kind ist sie. Ein kleines Ding, welches uns keinen Ärger bescheren wird."

„Nein, warte..."

Krachen. Tosen.

Stille.

Ausser Atem starrte er auf den Blumentopf. Sorgfältig platziert lag er am Beginn des Trampelpfades. Grasgrün erfreute sich das jüngste Blättchen am bescheidenen Sonnenlicht. Doppelt so groß wie am Vortag war das Bäumchen.

„Die Höhle... Verdammt... Sofie..."

Er rannte zurück ins Haus. Schnappte sich eine Taschenlampe und steckte zur Sicherheit sein Taschenmesser ein.

„Sofie!", brüllte er, während er den Waldweg hochrannte.

Stimmengewirr. Funkenblitze.

Wohlige Wärme durchflutete sie.

Zahllose Bilder schossen an ihrem inneren Auge vorbei. Ein verrückt gewordener Wirrwarr, wie ausgelöst von einem nicht zu stoppenden Diaprojektor. Szene um Szene krachte auf sie herein, schlug Erinnerungen in ihren Geist und ätzte Gefühle auf ihre Seele. Noch eins. Und noch eins. Und noch eins.

Urplötzlich stoppte es.

Sie verstand. Sah alles klar vor sich. Kein Schatten besudelte mehr das gleißend helle Licht.

„Jetzt weiss ich es", flüsterte sie ehrfürchtig.

Stille.

Langsam tappte er vorwärts. Fuchtelte dabei nervös mit der Funzel hin und her. Zwischendurch hielt er inne. Horchte angestrengt. Nichts.

„Sofie? Bist du hier?"

Auf einmal stolperte er und fiel hin. Mühsam richtete er sich auf und hielt sich dabei an der Wand fest. Merkwürdig warm fühlte sie sich an. Sanft zittrig pochend. Rasch zog er seine Hand zurück.

„Sofie?"

Endlich erreichte er das Ende des Tunnels. In einer Nische lag sie und schlief, zufrieden lächelnd.

Er kniete zu ihr, rüttelte an ihrem Arm und rief ihren Namen. Verträumt schlug sie die Augen auf.

„Du bist gekommen. Wusste ich. Hab' ich geträumt. Und was anderes..."

„Was fällt dir ein? Sag mal, bist du komplett bescheuert, alleine hierher zu kommen? Alles Mögliche hätte passieren können..."

„Nein", unterbrach sie ihn barsch, „sie hätten es nicht erlaubt."

Stutzend betrachtete Jonas seine kleine Schwester. *Sie?* Reifer kam sie ihm vor, gewachsen und klüger. Da war etwas in ihrer Stimme, ihrem Blick, ihrer Miene – etwas Seltsames, Verändertes.

Hastig huschte der Lichtkegel der Taschenlampe umher.

Nichts.

Moment.

Schleichend legte sich eine Kälte über die Höhle, drückte auf die Wände und verschlang die Luft.

„Blau haben sie geleuchtet", meinte Sofie. „Wunderbar, warm und freundlich. So wunderschön."

„Was?"

„Na, die Zeichen an den Wänden. Was dachtest du denn?"

Perplex schaute Jonas sie an. *Verdammt, was zur Hölle...*

„Wir müssen gehen, sofort", sagte sie und sprang auf.

Er packte ihren Arm und rief: „Stopp, verflucht. Was soll die Scheiße?"

Wütend schüttelte sie seine Hand weg.

„Das weisst du genau."

Er verstummte.

Sie hat recht. Ich weiss es. Das ist vollkommen unmöglich. Kann nicht wahr sein, nein, niemals. Nur

Geschichten, verdammt. Es sind nur Geschichten aus einem alten Buch. Märchen, verdammte Scheiße. Nichts weiter.

Endlose Stille, nur durchbrochen durch ihre schnaubenden Atemzüge, raschelnde Kleidungsstücke und knirschende Schuhsohlen.

Durch Blätterwerk strahlendes Sonnenlicht begrüsste sie am Ausgang. Ungläubig starrte Jonas in das finstere Loch zurück.

„Es ist wahr, Jonas", sagte Sofie und lächelte.

„Den Namen, den hast du vom Gemälde, oder? Das in der Kapelle hängt, äh, hing. Vater hat's abgenommen. Das mit der Ruine."

„Das mag ich nicht. Es ist komisch und macht mir Angst."

„Woher hast du den verdammten Namen? Egwald? Er steht auf dem Bild."

„Ach, ja? Hab' ich nicht gesehen."

„Scheiße, Sofie, verarsch mich nicht..."

Wütend stampfte er auf den Boden. Ballte die Fäuste. Hob sie zornig hoch und ließ sie dann schlaff fallen.

„Scheiße..."

Zaghaft nahm Sofie seine Hand.

„Du musst uns helfen", flüsterte sie. „Ich schaff das nicht alleine."

Seine Nerven lagen blank. Er wusste nicht mehr, was er glauben sollte. Hirngespinste oder Realität? Wieder blickte er in den Eingang und zuckte zurück.

Bildete er es sich nur ein oder stand dort zwei Sekunden lang ein uraltes, lächelndes Männchen mit glitzerndem Feuer in den Augen?

Die Taschenlampe leuchtete hinein. Er war weg.

„Das war Follaton", sagte Sofie aufgeregt. „Wir müssen uns beeilen."

Jonas verstand gar nichts mehr.

Jahre vergingen, in Dunkelheit gefangen, umgeben von der ewigen Schwärze der Nacht – durchbrochen nur von Sternenglimmern und abwechselnden Mondphasen – ehe sie eines Tages die tiefgründige Liebe eines flüchtigen Lichtscheins, eines Momentes voller Glück, erleben durften. Der Zufall – oder war es das Schicksal? – hatte zugelassen, dass sie den Standort des ersten Steines in Erfahrung bringen konnten. Herzlos lehnte er inmitten einer Kellermauer, barbarisch mittels Mörtel an seine plumpen Nachbarn gekettet. Seelenlos waren diese, ohne Gefühle, Leidenschaften oder Magie. Einsam war der Erste, allein in der Dunkelheit, wie seine Herren. Oft versuchte er, sich zu befreien, den zähen Klebstoff von sich abzuschütteln, doch es gelang ihm nicht. Traurigkeit überkam ihn, er gedachte den frohen Zeiten im Kreise seiner Freunde, den hübschen Gaben – Sahne und Kekse, Blumengirlanden und Räucherwerk – während den rituellen Feierlichkeiten und den lachenden, glücklichen Stimmen der Herren. Hier herrschte nur Kälte und bald war sie in sein Herz gedrungen und er fiel in eine trostlose Lethargie, die immer komatöser wurde. Weiter und weiter entfernte sich sein Verstand, entglitt dem Hier und Jetzt, entschwebte in jene Winkel des Unterbewusstseins, wo die Schwelle des Todes begann. In diesem jämmerlichen Zustand hatten die Herren ihn gefunden. Sie weinten fürchterlich um ihn und schrien ihr Leid in den Nachthimmel. Tobend widerhallten ihre

Donnerstimmen im Gewölbe, zittriger und zorniger Schall, der die Mauern in rasende Schwingung versetzte und das Haus mit dem Adlerbanner krachend zum Einsturz brachte.

Der Zweite verbarg sich ihren Herzen tausend Jahre länger. Vergessen und vergraben unter wurmverseuchter Erde eines Massengrabes.

Aus dem Fundament der Kapelle bargen sie den Dritten.

Kurz danach – ihre Messung und ihr Verständnis von Zeit unterschied sich von den Menschen, die Rede ist von zwei-, dreihundert Jahren – fanden sie den Vierten. Im Kaminsims von Jonas' ehemaligen Nachbarhaus war er eingelassen worden. Dreist hatten die Menschen es gewagt, die heilige Stätte zu besudeln und auf ihrem Zentrum ein Gebäude zu errichten. Feindlich gesinnt war ihnen der letzte Bewohner, ein sturer alter Witwer und mit arglistiger Freude verwüsteten sie seinen Gemüsegarten, ließen seine Obstbäume verdorren und vergifteten den Brunnen. Machten sich über seine Felder und über sein Vieh her. Nachdem der Alte seine prächtigste Milchkuh erstochen im Stall gefunden hatte, beschwor er die jungfräuliche Gottesmutter und sie sandte ihm ein Zeichen in Form einer im Stroh liegenden weißen Porzellanschale. Er erinnerte sich an schaurige Märchen, erzählt vom Großvater sitzend im Schaukelstuhl neben dem Herdfeuer, und bestürzt erkannten die Erdmänner, dass er ihren Bann nun brechen konnte und sie ihm dienen mussten. Sahne und Kekse. Fortan glänzte sein Hof vor Sauberkeit, die Tiere strotzten jeglichen Krankheiten und seine Felder gediehen. Bis zu seinem Tod. Keine

Sahne mehr, keine Kekse, keine Nachkommen. Der Weg war geebnet und die Erdmänner holten sich zurück, was ihnen gehörte. Kein Sandkorn des Hauses blieb nach der Feuersbrunst übrig.

Der Fünfte. Der letzte Menhir.

Sofie würde sie zu ihm führen.

Endlich.

Frei.

Erwartungsvoll sahen sie den Kindern nach. Die warnenden Worte Egwalds hatten sie vergessen, seinen idiotensicheren Plan ebenso.

An vielen Stellen hätte er verborgen sein können. Ein uraltes Riegelhaus mit steinernem Fundament bot genügend Möglichkeiten: Keller, Kamin, Treppen oder Mauerwerk.

Manchmal ist das Offensichtliche, das Sichtbare, die einfachste Lösung. Tagtäglich läuft man dran vorbei, ein ungewöhnliches und belangloses Stück Nichts, weder liebgewonnen durch Gewohnheit, noch vermisst, sollte es plötzlich verschwunden sein. Längst tot waren die Erbauer und hätten sie geahnt, welche Kraft und Magie in diesem Stück Nichts steckte, weit fortgebracht hätten sie es. Ihre Nachkommenschaft wäre entkommen dem bösen Wirkungskreis, Vergessen hätte sich über ihre Münder gelegt und bis in alle Ewigkeit würde die Suche der Erdmänner andauern. Ja, Erben waren sie, die beiden unschuldigen Kinder, die letzten ihrer Linie mütterlicherseits und sie wussten es nicht. Woher auch. Längst verblasst war ihr Stammbaum, verworrenes Astwerk ohne Anfang oder Ende, zu Asche gewordene Urkunden in niedergebrannten Archiven, durch

Heirat ausgelöschte Familiennamen und durch Umzug ausgewilderte Bürgerorte. Das Schicksal hatte sie an ihren Stammplatz zurückgeführt und die Buße wartete. Grausam aufgebürdete Last, wartend auf Begleichung einer Schuld, die niemals ihren Höllenqualen entrinnen würde.

Hier standen sie nun, hielten einander bei den Händen und ehrfürchtig zeigte Sofie auf den Stein. Blank poliert durch unzählige Schuhsohlen, einige Zentimeter vom restlichen Bodenbelag aufragend, bildete er die Schwelle der Tür zur Bibliothek.

Unverhofft tauchte Follaton hinter ihnen auf, beladen mit einer Spitzhacke und anderen primitiven Gerätschaften. Jetzt vermochte auch Jonas ihn zu sehen. Sanft schob er die Kinder beiseite und funkelte sie verstohlen an.

„Gebt acht", sagte er barsch und krachend fuhr die Hacke ins Eichenparkett.

Was tust du? Spinnst du? Du darfst nicht..., wollte Jonas erschrocken rufen. Keinen Laut brachte er aus seiner staubtrockenen Kehle.

Schlag um Schlag erweiterte sich das Loch. Das Haus bebte. Gläser klirrten in ihren Schränken, Jonas' Figuren fielen um, Sofies Gutenachtlicht kullerte vom Tischchen. Staub wirbelte auf. Jäh durchzog ein tiefer Riss den Boden der Bibliothek.

„Halte ein", rief eine grollende, erboste Stimme.

Egwald kam angerannt. Hielt Follatons Arme fest. „Halte ein."

Zornig schüttelte sich Follaton. Probierte zum nächsten Schlag auszuholen. Beide Erdmänner klammerten sich an die Hacke, rangen miteinander.

Wortlos, nur ihr schwerer Atem durchbrach das knarzende Zittern des Hauses.

Scheppernd fiel das Werkzeug zu Boden.

Das Beben hörte auf.

Ängstlich hielten sich die Kinder fest, blickten verwirrt zu den Erdmännern und verstanden nicht, was vor sich ging.

Ist er nett?

Ja, sehr.

Egwald war schneller. Er packte die Hacke und hob sie gen Follaton.

„Halte ein", zischte er wütend.

Follaton trat zwei Schritte zurück.

„Vater, hör mir zu..."

„Nein, mein Sohn. Du hörst zu. Du darfst den Bann nicht brechen. Sahne und Kekse. Nachkommen der Erbauer. So lange sie hier wohnen, stehen sie unter unserem Schutz, nicht unter unserer Axt. Ob es dir gefällt oder nicht, diese Entscheidung liegt nicht bei dir. Vergiss nicht, du hast bereits einen unverzeihlichen Fehler begangen, als du ihr die Zeichen gezeigt hast, in all ihrer Pracht und Magie."

„Es ging nicht anders. Nie hätte sie den letzten Menhir gefunden."

„Die Macht des Adlerbanners kann nicht gebrochen werden. Sie ist..."

„Unfug", schrie Follaton ausser sich, „die Adler, diese grausamen Menschen aus dem Süden, sind längst tot. Verwest zu Staub und vergessen. Wach auf, Vater, unsere Zeit ist gekommen. Leid bin ich es, eingesperrt in der Nacht zu sein. Genug der Warterei."

„Mein Sohn, versteh doch, die roten Zeichen am Ende der Höh..."

Mit einem gewaltigen Satz sprang Follaton zu Egwald und schlug ihm die Faust ins Gesicht. Bewusstlos fiel Egwald um. Follaton riss ihm die Hacke aus der Hand.

„Geht", wandte er sich zu den Kindern. „Rasch."

Zerstreut blickte Jonas auf den Erdmann am Boden. *Ich muss ihm helfen.*

„Geht."

Donnernd fuhr das Werkzeug in den hölzernen Türrahmen.

Erneut begann das Haus zu wackeln, stärker als zuvor. Unzählige Risse klafften in den Wänden auf, Ziegel fielen vom Dach, Fenstergläser zerbrachen knirschend. Putzbrocken lösten sich von den Decken.

Jonas stolperte hinaus, Sofie hinter sich herziehend.

Hacken. Poltern. Dröhnen.

Das Beben drang bis zur Krypta der Kapelle.

Aufgebracht rannte der Vater hinaus – er hielt eine defekte Glühbirne und ein Stück Kabel in der Hand – und blinzelte draußen ins Sonnenlicht. Schaute hoch zum Haus. Massenhaft Ziegelsteine polterten vom Dach. Staubwolken schossen aus kaputten Fenstern.

„Was?"

So schnell wie er konnte, jagte er den Schotterweg hoch.

Nach der heutigen, anstrengenden Gartenarbeit hatte sich die Mutter auf eine Liege fallen lassen, ein paar Seiten eines humorvollen Erziehungsratgebers gelesen – „Teenager und ihre seltsamen Flausen" – und war eingeschlafen.

Eigenartiger Lärm ließ sie hochschrecken. Das Buch landete aufgeschlagen auf der Wiese, wild flatterten die Seiten hin und her.

Ihr Kopf drehte sich zum Haus. Verängstigt weiteten sich ihre Augen.

Sie sprang so heftig hoch, dass die Liege umkippte.

Das Gedröhne wurde heftiger.

Jonas und Sofie verließen gerade das Haus, keine Sekunde zu spät, als das altehrwürdige Dachgebälk knackend nachgab und in sich zusammenkrachte. Die darunterliegenden Schlafzimmerdecken vermochten das Gewicht nicht zu tragen und gaben ebenfalls tosend nach.

„Fliehet...", hallte eine Stimme durch den Krach, welcher die restlichen Worte verschluckte. „Fliehet, mein Volk."

In Zeitlupentempo schoben sich Wände ineinander, bogen sich zur Seite und wie ein Kartenhaus fiel schliesslich alles grollend, ächzend und ineinander brechend zusammen.

Wabernde Schleier aus Staub, Schmutz, Holzstückchen und Steinsplitter stoben hoch, bedeckten die Trümmer und die Häupter der Kinder.

Brüllend hetzte der Vater herbei. Die Mutter torkelte benommen hinter der Ruine hervor.

„Egwald", flüsterte Sofie und begann zu weinen.

Jonas ließ ihre Hand los und wühlte im Schutt. Schmiss wahllos Steinbrocken und zerborstene Bretter zur Seite.

Sein Vater riss ihn zurück.

„Hör auf, das ist viel zu gefährlich."

„Lass mich", schrie Jonas. „Egwald ist vielleicht noch da drin... Er... Und Follaton."

„Wer?", fragte die Mutter.

„Die Erdmänner", heulte Sofie herzzerreißend.

Fassungslos verwirrt sahen sich die Eltern an.

Jonas wandte sich aus seines Vaters Griff und sauste davon.

„Lass ihn", meinte die Mutter und drückte Sofie fest an sich. „Für einen Moment. Er ist vernünftig genug, nicht auf der Rückseite zu graben."

Der Vater nickte abwesend und starrte beklommen auf den Scherbenhaufen seines materiellen Lebens.

Wie Recht die Mutter hatte, wie gut sie ihren Sohn kannte. Nicht mal überlegt hatte er, auf der anderen Seite zu buddeln. Aussichtsloses Unterfangen. Ohne Bagger oder starke, helfende Hände.

Schnurstraks lief er in die Räuberhöhle. Das Ende des „Schlauches" wurde vom letzten Menhir versperrt. Jonas wollte sich durchquetschen, als jemand rief: „Nicht."

In der Mitte stand Follaton. Umgeben von bläulichem Licht, ausgestrahlt von den fünf Steinen. Leise vibrierten sie – nein – sie sangen. Ein archaisches Lied in unbekannter Sprache. Melodisch, hypnotisierend, Herze hoch jauchzend.

Wie angewurzelt blieb Jonas stehen, aufmerksam darauf bedacht, den Stein nicht zu berühren.

„Wunderschön, nicht?", schwärmte Follaton verträumt.

Er schien vergessen zu haben, dass dieses Spektakel nicht für der Menschen Sinne gedacht war. Nimmermehr sollten sie in Versuchung geraten, die Macht für sich zu benutzen oder, das Gegenteil, sie zu zerstören, weil sie die Magie abgrundtief fürchteten.

„Wo ist Egwald?"

„Nun wird alles gut. Retter des Volkes werden sie mich nennen. Der eine, der nicht zagte."

„Wo ist er, Follaton?"

„Lose lag er da, ohne Mörtel, lediglich eingeklemmt zwischen den Balken des Türrahmens. So einfach, so viel Schmerz und Leid seinetwegen und schlussendlich, so einfach. Ich hob ihn hoch, trug ihn raus und brachte ihn her. Wunderschön, nicht?"

„Verdammt... Wo ist Egwald? Ist er noch im Haus? Dann musst du mir helfen ihn rauszuholen."

Follatons Blick ernüchterte. Er senkte sein Haupt.

„Ich konnte sie nicht beide tragen. Der Menhir war wichtiger, das wird mein Volk verstehen. Zurück wollte ich... Es war zu spät."

Fliehet, mein Volk.

„Du Scheusal", rief Jonas und einer Intuition folgend, trat er unvermittelt in den Kreis.

„Nein", kreischte Follaton. Weit weg war seine Stimme.

Sterne kreisten, Sonnen wurden geboren und starben, Planeten erschufen sich und explodierten, Galaxien verschlangen sich und spuckten sich gegenseitig wieder aus. Drehen. Fliegen. Summen. Schweben. Gleiten.

Dann sah Jonas alles. Verstand alles.

Zur gleichen Zeit flammten in der Höhle die Schriftzeichen blau auf. Zischten wütende Strahlen hervor, bevor sie für immer verloschen. Ehrfürchtig drängelten sich die letzten Erdmänner in die Ecke am Ende. Gleißend rotes Licht erschien. Symbole tauchten aus dem Nichts auf und als die Erdmänner sie entzifferten, schrien sie lautstark auf. Unheil, Verdammnis, Zerstörung. Feine Risse überzogen die Wände, wurden immer größer, klaffende Wunden eines sterbenden Sterns.

Abrupt landete Jonas auf dem Erdboden. Follaton hatte ihn gepackt und aus dem Kreis geworfen. Der Gesang der Steine war verklungen.

„Törichtes Menschenkind", keifte er erbost, „was erlaubst du dir? Verflucht seist du und dein Geschlecht."

Bedächtig schüttelte Jonas den Kopf. „Du bist nicht der Retter deines Volkes. Du bist sein Untergang."

Mit erhobenen Fäusten trat Follaton näher.

„Oh, überlege es dir gut..."

„Sonst was? Erbärmlicher Junge."

„Die roten Zeichen am Ende der Höhle", sagte Jonas ruhig. „Sie sind erwacht, sie singen."

Follaton hielt inne. Schaute ihn überrascht an.

„Welche Zeichen? Da ist nichts."

„Egwald hat es dir nicht erklärt?"

„Was?"

„Die blauen kennst du. Sie zeigen den einzigen Weg zu den verlorenen Steinen. Der Älteste war

tatsächlich sehr weise. Er wusste, einer seiner Nachkommen würde den rechtschaffenen Pfad verlassen
und darum ritzte er die roten Zeichen ans Ende. Sie
würden erst erscheinen, wenn ihre Zeit gekommen
war und Tod und Verderbnis würden sie mit sich
bringen. Sieh hin, höre zu."

Jonas drehte sich um und kroch rasch aus der
Räuberhöhle. Vor dem Eingang lag der kleine Blumentopf mit dem winzigen Bäumchen. Herbstlich rot
gefärbt war das unterste Blatt und an seiner Spitze
trieben zwei neue aus. Er hob ihn hoch und drückte
ihn fest an sich.

Verdutzt starrte Follaton ihm nach.

Nach einer Weile hörte er es. Sah es.

„Fliehet, mein Volk", hallte Egwalds tote Stimme
durch die Höhle.

Zittern. Beben. Bersten.

Alsbald brach das erste Felsstück von der Decke.

DIE AUTOREN

Iolana Paedelt wurde im Jahr 2000 in Berlin-Char-
lottenburg als erstes von fünf Kindern geboren. Als
sie sechs Jahre alt war, schenkte ihre Mutter ihr
„Harry Potter und den Stein der Weisen" und weckte
so nicht nur ihre Lust am Lesen, sondern auch am
Schreiben. Seit ihrer Kindheit schreibt sie Horror-
und Abenteuergeschichten, u.a. für Freunde und
ihre jüngeren Geschwister. Mit 16 entschied sie sich
erstmals eine ihrer Horrorgeschichten einzureichen.
Seither erscheinen ihre Kurzgeschichten in verschie-
denen Anthologien.

Anna Schröder wurde im August 1992 in Neubran-
denburg/Mecklenburg-Vorpommern geboren und
verließ das Gymnasium im Frühjahr 2012 mit Fach-
hochschulreife. Es folgte eine Ausbildung zur Medizi-
nischen Dokumentarin in der Universitätsstadt
Greifswald. Sie arbeitete u.a. als medizinische
Schreibkraft in der Psychiatrie, Tumordokumentarin
und Archivarin im Medizin-historischen Museum
und lebt heute in Berlin.

Wolfgang Rauh verdient sein Brot als Filmschau-
spieler und lebt knapp unterhalb der Komfortgrenze.
Zum Schreiben kam er, weil in seiner Kindheit Ste-
phen King Romane zuhause verboten waren und Ver-
bote fantastische Katalysatoren für rebellische Krea-
tivmotoren sind. Die erste Kurzgeschichte, eineinhalb
A4-Seiten im Zwei-Finger-Suchsystem und ein

halber Tag Arbeit, liegt mehr als zwanzig Jahre zurück. Am Genre hat sich wenig geändert, aber zum Glück lernte er mit der Zeit tippen.

Tobias Jakubetz wurde 1972 auf der Schwäbischen Alb geboren, ist in Ostwestfalen groß geworden und lebt mit Frau und Sohn in Göttingen. Seit Jahren ist er im Richterdienst in Niedersachsen tätig, seit Juli 2013 als Vorsitzender Richter am Landgericht Göttingen. Dort hatte er als Vorsitzender verschiedener Strafkammern über gravierende strafrechtliche Vorwürfe, wie die Begehung von Mord, Totschlag oder anderen sehr schwerwiegenden Straftaten zu verhandeln und zu entscheiden, sowie über die Entlassung von in der Psychiatrie untergebrachten Straffälligen zu befinden. Bislang wurden zwei Aufsätze in juristischen Fachzeitschriften veröffentlicht und am im September 2014 im Nomos Verlag erschienenen juristischen Fachkommentar „Rechtshilferecht in Strafsachen" von Ambos/König/Rackow als Autor mitgewirkt.

Nadine Y. Kunz ist 1979 im Kanton Zürich (Schweiz) geboren und aufgewachsen. Seit ihrer Jugend schreibt sie Kurzgeschichten, Romane und Gedichte in den Genres Mystery, Dark Fantasy, Horror und Philosophy. Außer dem Schreiben unternimmt sie gerne längere Motorradtouren quer durch Europa. Sie lebt mit ihrer Tochter in der Nähe des Zugersees und arbeitet als Kauffrau.